Rudolf Riedl
Gefangen auf dem Schiff der Puppen

AF211053

Originalausgabe
1. Auflage
März 2003 Röttenbach
Copyright Rudolf Riedl
Alle Rechte vorbehalten
Herstellung: Book on Demand GmbH, Norderstedt
Printed in Germany
ISBN 3-8330-0215-8

Bibliographische Information Der Deutschen Bibliothek:
Die Deutsche Bibliothek verzeichnet diese Publikation in der Deut-
schen Nationalbibliographie; detaillierte bibliographische Daten
sind im Internet über <http://dnb.ddb.de< abrufbar.

Gefangen
auf dem
Schiff der Puppen

I

Wäre mir vor einem Jahr klar gewesen, auf welchen Wahnsinn ich mich da einlassen wollte, nie hätte ich diese Reise mitgemacht. Der Plan hörte sich jedoch ganz vernünftig an. Zu fünft wollten wir auf einer gemieteten Motorjacht von Nizza aus durch die Meerenge von Gibraltar auf den Atlantik fahren. Dann immer an der afrikanischen Küste entlang bis Monrovia und von da aus quer über den Atlantik nach Recife in Brasilien. Nach einem vierwöchigen Aufenthalt im Nordosten Brasiliens sollte die Reise weitergehen. Dieses Mal entlang der brasilianischen Westküste nach Süden bis Rio de Janeiro. Doch anstatt an der Copacabana südamerikanisches Lebensgefühl zu genießen, sitze ich nun hier auf dieser gottverlassenen Insel irgendwo im Südatlantik. Alleine, mit nichts als der Kleidung, die ich am Leib trage, einem kleinen Ofen und einer großen Menge weißen Papiers, verstaut in einem luft- und wasserdicht verschließbaren, mit Metall verstärkten Plastikbehälter.

Vieles von dem, was mir widerfahren ist, hat mich tief gerührt und ist mir bis heute unerklärlich geblieben. Trotzdem möchte ich meine Erlebnisse anderen Menschen mitteilen. Vielleicht findet sich ja doch noch eine Erklärung für den Alptraum, den ich in den letzten sechs Monaten durchleben musste und der vielleicht noch nicht einmal zu Ende ist.

Ursprünglich war das Ganze Roncos Idee gewesen. Ronco, so wurde der lange muskulöse Mittdreißiger in unserer Klicke genannt. Er kam damals gerade von einer zweiwöchigen Fahrt auf einem spanischen Fischkutter zurück und gab kräftig an. Ganz klar, dass da der blasse mollige Willi und Moni, seine neueste rot-blonde Errungenschaft, mitmachen mussten. Was mich betrifft, so wollte auch ich einmal etwas von der Welt sehen. Die stickige Luft des alten Schulgebäudes, an dem ich Englisch und Geschichte unterrichtete, und das ständige Gebrüll des Direktors hatte ich gründlich satt. Mit meinen dreißig Jahren hielt ich mich noch lange nicht zu alt für eine Weltreise. Die einzelnen Stationen gingen mir immer wieder durch den Kopf: Marokko, Kanarische Inseln, Casablanca, Liberia, Kapverdische Inseln und - Brasilien.

Es begann, wie gesagt, in Nizza. Ronco hatte einen bulligen Matrosen angeheuert, der sich angeblich mit Motorjachten gut auskannte. Er hieß Jan, war unrasiert, roch nach Bier und kaute ständig Kaugummi. Eine ganze Woche lang beschäftigten wir uns mit der Beschaffung von Vorräten. Nach 14 Tagen lagen wir mit unserem Schiff noch immer in einem Seitenkanal des Jachthafens von Nizza, da die französischen Behörden einen riesigen Papierkrieg entfacht hatten.

An einem sonnigen Donnerstag war es dann endlich so weit. Vormittags um halb zehn erteilte man uns freie Fahrt, und eine halbe Stunde später stießen wir von der schmutzigen Granitsteinmauer ab. Ade Nizza! Durch die flimmernde Vormittagsluft sah man die Hafenanlagen immer kleiner werden. Die Sommerschwüle der Stadt wich milder Seeluft, die nach Abenteuer und Ferne roch. Voll Vorfreude auf die vor uns liegenden Wochen standen wir an der Reling und betrachteten das sich entfernende Ufer und die vorbeifahrenden Schiffe. Jan, der Maschinist, saß neben dem Steuer und ließ den schweren Dieselmotor ruhig und doch kraftvoll tuckern.

Mit seiner schwarzen, spiegelnden Sonnenbrille und dem unrasierten Bart erweckte er keinen vertrauenswürdigen Eindruck. Doch Ronco hatte ihn uns als erfahrenen Seemann vorgestellt, was offensichtlich auch zutraf. Bald hatten wir das Nachaußenstarren satt. Immer nur Meer, Schiffe, Wind und ein andauerndes Tuck, Tuck, Tuck ...

Interessant wurde es erst wieder bei Einbruch der Dunkelheit. Zum ersten Mal in meinem Leben konnte ich die Millionen Sterne über mir ohne störendes Straßenlaternenlicht, Telegrafendrähte oder Baumwipfel sehen. Ein eindrucksvolles Bild. Irgendwo am Horizont ging der funkelnde Himmel in sein eigenes Spiegelbild über, wurde hier und da von Schiffslaternen verstärkt und kam zurück bis dicht vor unseren Bug, um sich hier im fahlen Licht der Schiffslaterne zu verlieren. Jan hatte sich noch keinen Augenblick von seinem Posten gerührt. Er sprach nur wenig und trank ständig Bier.

Den Morgen verschlief ich. Bis Gibraltar hatten wir noch etwa 500 Kilometer zu fahren. Der Motor lief ruhig. Nach und nach verkroch sich jeder von uns an einer anderen Stelle auf der Jacht, nahm ein Buch zur Hand oder döste einfach nur herum. Ich hatte mir vor meiner Abreise in Deutschland ein Lehrbuch der portugiesischen Sprache gekauft und begann jetzt mit der ersten Lektion. Portugiesisch spricht man auf den Kapverden und in Brasilien, alles Ziele, die wir im Laufe unserer Reise anlaufen wollten. Doch zwischen die Vokabeln mischten sich immer wieder Fragen, die mein Gedächtnis am Lernen hinderten: Weshalb fuhr Jan eigentlich mit uns? Was hatte Ronco ihm für seine Teilnahme an der Reise versprochen? Bezahlen jedenfalls mussten wir den bärtigen Holländer für seine Dienste nicht. Sonderbar! Vielleicht wollte er nur günstig nach Brasilien gelangen? Oder gab es da doch einen anderen Grund? Die Zeit verstrich so träge wie die an unserer Jacht vorbeilaufenden Wellen.

Gibraltar kam in Sicht. Irgendwo in weiter Ferne heulte eine Schiffssirene. Ein spanisches Polizeiboot näherte sich uns, drehte bei, nahm wieder Fahrt auf und verschwand. Ronco, Willi und Moni standen draußen an Deck und winkten. Deswegen konnten sie nicht sehen, was ich sah. Ich befand mich hinter der kleinen Kajüte, hatte gerade mein Portugiesischbuch zur Seite gelegt und wollte zu den anderen nach draußen gehen. Da bemerkte ich, wie der bullige Jan anscheinend unruhig wurde. Zuerst drehte er seinen Kopf mit der schwarzen Brille und den öligen langen Haaren einige Male in Richtung Polizeiboot. Dann fuhr seine linke Hand zur Tasche seiner schmutzigen, schwarzen Jeanshose, hob das ölverschmierte, grauweiß karierte Hemd zehn Zentimeter an, zog eine großkalibrige Pistole heraus und ließ sie unter dem Bordbrett verschwinden.

Abends erzählte ich Ronco von meiner Beobachtung und der Vermutung, Jan könnte vielleicht nur auf die Reise mitgekommen sein, um unauffällig aus Europa zu verschwinden. Ronco versuchte meinen Argwohn zu zerstreuen. Angeblich hatte sich der Bärtige auf eine Zeitungsannonce gemeldet mit der Ronco einen zuverlässigen, erfahrenen Maschinisten für eine Jachtfahrt nach Brasilien gesucht hatte. Mit der Bemerkung, „eine Pistole macht noch keinen Gauner" und „ich werde ihn in Casablanca unter die Lupe nehmen", beendete er unser Gespräch.

Schon vier Tage nach unserer Abfahrt aus Nizza gab es die erste Überraschung. Jan hatte uns nach einer Inspektion des Motors etwas Wichtiges mitzuteilen. Während er sich seine öligen Finger an einem schmutzigen Lappen abwischte, erfuhren wir, dass der Motor defekt war.

„Der macht es nicht bis Casablanca."

Seine immer noch ölige Hand fuhr über die vor Schweiß glänzende Stirn. Die Brille nahm er nicht ab.

Also hieß es den nächst besten Hafen anzulaufen. Jan zeigte auf die Seekarte an der Wand. „El Araich, eine kleine marokkanische Hafenstadt. Da fahren wir hin!"

„Moment mal" protestierte Willi. „Sie können doch nicht einfach unsere Route ändern!" Jan stand nur da und musterte uns durch die spiegelnden Gläser seiner Sonnenbrille.

Ronco steckte seine Fäuste in die Hosentaschen und brummte: „Er kann es, Willi, er kann es." Dann blickte er zu Jan: „Bringen Sie die Sache so schnell wie möglich in Ordnung."

El Araich, die kleine Hafenstadt am Atlantik, grüßte uns aus der Ferne mit ihren weißen Häusern. Kein Luxusdampfer weit und breit, nur einige Fischerboote. Jan kannte sich hier anscheinend gut aus. Zielstrebig fuhr er auf einen alten, von den Wellen schief gedrückten Landungssteg zu und machte fest. Der Motor hatte durchgehalten. Der muskulöse Seemann sprang auf den Steg.

„Ich besorge das Ersatzteil. Bleiben Sie hier. Spätestens heute Abend kann unsere Reise weitergehen."

Wo es in diesem verschlafenen Nest Ersatzteile für Dieselmotoren gab, hatte er nicht gesagt.

„Ich glaube ihm nicht." Moni saß auf einem weißen Liegestuhl aus Kunststoff, stützte den Kopf auf der blank polierten metallenen Reling ab und ließ ihre Beine hin und her schwingen. „Fahren wir doch einfach ohne ihn weiter!"

„Ja", pflichtete ich bei.

„Lasst uns doch einmal nachprüfen, ob der Motor wirklich nicht mehr richtig funktioniert!" Ronco kletterte in die schmale Kabine - und kam nach wenigen Sekunden wutentbrannt zurück. „Dieser Hund hat den Zündschlüssel mitgenommen!"

Langsam bekam ich das Gefühl, die Statistenrolle in einem billigen Krimi zu spielen. Dabei wollten wir doch alle nur in den Urlaub fahren! Abenteuer? Ja, die wollten wir auch erleben. Aber in Maßen. Jedenfalls hatten wir keine Lust, in einem heruntergekommenen afrikanischen Dorf von den Fähigkeiten eines zweifelhaften Maschinisten abhängig zu sein.

Ich setzte einen Fuß auf die Reling. „Mit dem Kerl stimmt was nicht. Am liebsten würde ich mal nachsehen was der Typ da drüben vor hat."

Unsere Augen folgten dem ölverschmierten Maschinisten, der gerade vor dem ersten weißen Haus ankam, sich rasch umsah, und dann im Toreingang verschwand. Ich sprang über die Reling auf den wackeligen Steg. Ronco folgte mir.

Brütende Hitze stand in den Straßen des kleinen, verlassen wirkenden Ortes. Das Brandungsgeräusch des Meeres und das Rascheln der Palmen im heißen Tropenwind begleiteten unsere Schritte auf dem ungeteerten Weg. Die Sonne brannte auf der Haut, ließ den Schweiß aus allen Poren rinnen. Da tat der Palmenschatten vor dem Hauseingang, an dem wir Jan zuletzt gesehen hatten, richtig wohl. Die Tür gab bei leichtem Druck den Weg frei in die Kühle eines nach Gewürzen und Parfüm duftenden Vorraumes. Als sich unsere Augen an das schummrige Licht gewöhnt hatten, fanden wir uns in einem großen, durch Bambuswände in kleine Einheiten unterteilten Zimmer. Uns gegenüber stand ein brauner Holztisch, dahinter ein wuchtiger Schrank. Bedrückende Stille. Die kleinen, außen schmutzigen und innen mit allerhand getöntem Glas geschmückten Fensterscheiben ließen nur betont warmes und ruhiges Licht in den Raum. In der hinteren Ecke rechts neben dem großen Spiegel bewegte sich ein dünner, mit blaugrünen Blumen bestickter Seidenvorhang im Luftzug. Außer uns beiden war kein Mensch weit und breit. Jan schien wie vom Erdboden verschluckt.

Hinter dem Vorhang führte eine Treppe hinab in eine matte, weiter unten mit Flackerlicht erleuchtete Tiefe. Der schwere, weiche Bodenteppich dämpfte unsere Schritte. Am untern Ende der Treppe hing ein weiterer Vorhang. Ich schob ihn zur Seite. Erschreckt über sein Knistern, das sich in der geheimnisvollen Stille verräterisch laut anhörte, blieb ich stehen und lauschte. Vor mir erstreckte sich ein langer Gang, zu beiden Seiten von einer Reihe silbern glänzender Lampen erhellt. Neben jeder Lampe befand sich eine Tür. Ronco stellte sich neben mich auf den mit kunstvollen arabischen Ornamenten verzierten Bodenteppich. Auch an den Wänden hingen prachtvolle Teppiche. Dazwischen funkelten blank polierte, alte Vorderlader, Degen, Schwerter und krumme Säbel.

Ronco ging einige Schritte in den Gang hinein. Ich folgte ihm. Vorsichtig schlichen wir zur ersten Tür. Wenn sich Jan wirklich in diesem Haus aufhielt, so musste er in einem dieser Zimmer sein. Die wertvolle Lampe über unseren Köpfen spiegelte sich im goldenen

Türgriff. Ronco legte sein Ohr an das mit rotem Samt verzierte Holz, schüttelte den Kopf und ging weiter. Auch ich lauschte eine Weile an der Tür. Da aus dem Inneren des Raumes kein Laut zu vernehmen war, drückte ich langsam die schwere Türklinke nach unten. Geräuschlos ließ sich die Tür öffnen. Aus der Dunkelheit des Zimmers schälte sich im Schein der Lampe über dem Eingang ein riesiges, metallenes, goldgelb glänzendes Bett, bezogen mit hellblauen Seidentüchern. Ein so prachtvolles Bett im Keller eines Hauses in einem ärmlichen afrikanischen Dorf. Was hatte das zu bedeuten? Kaum waren mir diese Frage durch den Kopf gegangen, als ich auf das seltsame Gebilde im hinteren Teil des Zimmers, wo das Licht der Lampe nur noch Umrisse offenbarte, aufmerksam wurde. Lagen da Menschen? Langsam ging ich näher. Ja, Menschen! Jetzt war auch das Atmen zu hören. Mit zitternden Fingern zog ich ein Feuerzeug aus der Hosentasche, knipste es an, hielt die Hand als Blende davor und war angenehm überrascht. Vor mir auf einem großen weißen Fell lagen drei junge, überaus hübsche braunhäutige Frauen und schliefen. Unwillkürlich dachte ich an die Geschichten aus Tausend und einer Nacht. Eine der Frauen hatte mich anscheinend gehört, denn sie bewegte sich. Schnell steckte ich mein Feuerzeug weg und trat den Rückzug an. Die Tür ließ sich lautlos schließen.

Auf dem nach Gewürzen und schwerem Parfüm duftenden Flur war Ronco immer noch damit beschäftigt, sein Ohr an die verschiedenen Zimmertüren zu legen.

„Hör dir das mal an" flüsterte er.

Auch ich vernahm ein leises Stöhnen, das wie das Rauschen des Meeres an- und abschwoll und ab und zu von einem langgezogenen hohen Laut unterbrochen wurde. In diese Melodie menschlicher Liebeslaute mischte sich der knisternde Takt von Federn und Seide und das metallene Klappern eines Bettgestells.

„Wenn ich nicht genau wüsste, dass wir hier einen miesen, dreckigen Ganoven suchen", zischte mein Freund, „dann würde ich das da für ein Bordell allererster Klasse halten."

Ich lächelte und erzählte ihm von meiner Beobachtung.

Da erklang von oben ein dumpfes Poltern. Schritte. Jemand befand sich im großen Zimmer im Erdgeschoss. Die Stimmen zweier oder dreier Männer drangen an unsere Ohren und wurden lauter, waren anscheinend erregt. Nun kamen sie auch schon die Treppe herab und waren dabei, uns in einer äußerst prekären Lage zu ertappen.

Schnell und leise liefen wir den Gang nach hinten bis zu seinem Ende. In der rechten Nische war eine wuchtige Metalltür eingelassen. Ihre groben Eisenbeschläge und die einfache graue Farbe passten nicht zur sonstigen luxuriösen Ausstattung dieses Hauses. Doch das erstaunte uns nicht. Schließlich passte das ganze Haus nicht an diesen verschlafenen Ort an der marokkanischen Atlantikküste.

Aus der Dunkelheit unserer Nische ließ sich der Flur gut überblicken. Die Treppe herab kamen zwei dunkelhäutige Männer in Jeans und – ich traute meinen Augen nicht – Jan. Am ersten Zimmer angekommen zog der eine Mann eine riesige Pistole aus seinem Gürtel. Der andere drückte langsam den Türgriff herunter und stieß die Tür mit einem harten Fußtritt auf. Dann verschwanden beide für einige Zeit im Zimmer, während Jan auf dem Gang auf und ab ging. Dieser Vorgang wiederholte sich von Tür zu Tür.

„Du, die suchen uns", flüsterte ich und zeigte auf die graue Metalltür. „Wie wäre es damit?"

Schon hatte Ronco sie geöffnet. Wir standen abermals auf einem breiten Flur, der diesmal jedoch an einen Fabrikraum erinnerte. Durch vergitterte Oberlichter fielen hier und da Sonnenstrahlen auf graue Stahlungetüme. Von hinten ertönte das regelmäßige Klopfen einer großen Maschine. Die Wände bestanden aus rohem Beton. Dicke Metallröhren kamen daraus hervor, liefen ein Stück an der Decke entlang und verschwanden wieder in der Wand auf der anderen Seite. Hinter uns fiel die schwere Metalltür mit lautem Gepolter ins Schloss. Wenn uns die drei Männer bislang noch nicht entdeckt hatten, so war es jetzt so weit. Wir rannten den Betongang entlang. Unsere Schritte hallten an den kahlen Wänden tausendfach wider. Das Lärmen der unsichtbaren Maschine im hinteren Teil des Ganges kam immer näher. Wieder standen wir vor einer wuchtigen Metalltür.

Ronco zögerte. „Was ist, wenn wir die ganze Zeit im Kreis laufen?"

„Wir haben keine Wahl!"

Ich riss die schwere Tür auf. Ein ohrenbetäubendes Donnern umflutete uns, hüllte uns ein. Ohne zu zögern betraten wir den dämmrigen, nach Dieselöl und Benzin riechenden Raum und liefen an der Wand entlang zu einem Stapel Körbe, hinten dem wir uns versteckten. Vorsichtig hob ich den Kopf und sah mich um. In der Mitte des Raumes stand ein riesiger Dieselmotor, der über einen breiten Riemen einen uralten, rot gestrichenen Stromerzeuger antrieb. Der ohrenbetäubende Lärm schmerzte nicht nur im Kopf, sondern ließ den ganzen Körper erzittern. Doch am meisten erschreckte mich der Anblick der Tür, durch die wir gekommen waren. Sie hatte auf der Innenseite keinen Griff! So sehr ich meinen Kopf auch hinter dem Berg schmutziger Körbe hervorreckte und die Augen anstrengte, die Tür blieb vollständig eben. Kein Knopf, kein Schlüssel, nichts, nur einige Schrauben, mit grauer Farbe überpinselt, und da, wo sich Türgriff und Schlüssel hätten befinden müssen, zwei kleine Löcher. Mein Blick wanderte an der Wand entlang nach oben. Bestand hier eine Möglichkeit zur Flucht? Wie auf dem Betongang, so hatte man auch hier die Oberlichter vergittert. Wie sollten wir da wieder hinauskommen!

Neben der Wand waren in den Fußboden fünf armdicke zwei Meter lange Holzbalken eingelassen. Ronco hob unter großer Anstrengung einen heraus. Gemeinsam verkeilten wir ihn so zwischen Tür und Maschinengehäuse, dass es unmöglich erschien, die Stahltür von außen zu öffnen. Da, wo der Balken gelegen hatte, befand sich nun eine zwei Meter lange und einen Fuß breite Öffnung, die den Blick auf ein Gitter und einen darunter befindlichen, mit öligem Wasser gefüllten Kanal freigab. Wir setzten uns auf einen der Balken. Ronco wischte sich mit zitternder Hand der Schweiß von der Stirn. Tausend Gedanken wirbelten mir durch den Kopf: „Wie sollte es jetzt bloß mit uns weiter gehen? Was sollten wir tun? Ganz schön raffiniert, dieses so harmlos aussehende Haus in einem kleinen rückständigen Ort an der afrikanischen Atlantikküste! Nun war auch klar, wo die Elektrizität für die Lampen erzeugt wurde."

Ich stand wieder auf und ging zurück zur Tür, um sie mir noch einmal aus der Nähe zu betrachten. Tatsächlich! Wo sich normalerweise der Türgriff befand war nur ein Loch zu erkennen. Darunter das Schlüsselloch. Doch was war das? Ich sah genauer hin. Im Schlüsselloch erschien plötzlich das Ende eines roten Gummischlauches, drehte sich einige Male hin und her und blieb regungslos hängen. Man wollte uns vergasen! Ich lief zu Ronco, zerrte ihn hoch, führte ihn zur Tür und deutete mit der Hand auf den Schlauch. Mein Freund bekam große Augen und fuhr sich mit der Hand über die Kehle, so als wollte er sagen „jetzt ist es aus!"

Unsere Blicke wanderten zurück zu der Stelle am Fußboden, aus der wir den Balken zum Sichern der Tür entfernt hatten. Möglicherweise führte von da aus ein Weg ins Freie. Die übrigen Balken waren bald beiseite geräumt. Doch ein Metallgitter versperrte den weiteren Weg. Ronco brüllte irgend etwas. Der Maschinenlärm verschluckte es. Er musste seinen Mund ganz nah an mein Ohr legen. „Zange!" Ich nickte. Hastig durchsuchten wir unsere Umgebung nach Werkzeugen. In einem Kasten an der Wand fand ich eine kleine Flachspitzzange. Sie war für unser Vorhaben viel zu klein, deswegen wollte ich sie gleich wieder weglegen. Doch dann nahm ich sie, rannte damit zur Tür, fasste mit der Spitze das Ende des Schlauches und riss ihn brutal ein Stück weit heraus. Dann packte ich das rote Gummistück mit beiden Händen und zog daran, bis es auf der anderen Seite der Tür abriss. Triumphierend betrachtete ich das Stück Schlauch in meinen Händen.

Plötzlich hatte ich den Eindruck, die große Maschine würde leiser werden. Der Lärm nahm zunächst ab, dann wieder zu und wieder ab. Meine Umgebung begann zu schwanken. Das Gas entfaltete seine benebelnde Wirkung. Ich wäre sicherlich zu Boden gefallen, wenn Ronco mir nicht zu Hilfe gekommen wäre. Mit zitternden Beinen folgte ich ihm zu dem Gitter. Er hatte es mit einer großen Axt aus der Betonverankerung geschlagen und dann mit einem Stück Wasserleitungsrohr einfach herausgehebelt. Benommen stieg ich in den Kanal. Das Wasser stank nach Öl und Abwasser und war tiefer als ich dachte. Es reichte mir bis zum Bauchnabel. Doch seine Kühle weckte mich wieder langsam aus der Benommenheit.

Man kann sich kaum vorstellen, wie anstrengend es ist, in einem schmalen mit Wasser gefüllten Kanal vorwärts zu gehen. Jeder Schritt fällt unendlich schwer, besonders wenn der Boden mit zahlreichen Steinen und Löchern übersät ist. An Schwimmen war bei der Enge des Kanals nicht zu denken. Wie in Zeitlupe entfernten wir uns von dem Maschinenraum. Die letzten Reste des Dämmerlichtes, die uns von unserem Abstieg an begleitet hatten, schwanden. Vor uns breitete sich eine unheimliche nasse Dunkelheit aus. Mit dem Licht schwand auch der Maschinenlärm. Die Wände des Kanals wurden mit jedem Schritt rauer und zerklüfteter. Von der Decke hingen immer wieder steinerne Vorsprünge herab, an denen wir uns unsere Köpfe wund stießen. Zudem spürte ich ab und zu an den Wänden, da wo ich mich mit den Händen abstützen wollte, schmierige, schlüpfrige Tiere, die sich bewegten. Sogar unter unseren Füßen wurde es lebendig. Dann begann sich auch das Wasser zu bewegen. Zuerst nur als sanftes Schaukeln, bald stärker, wellenförmig und später als wir vor uns wieder Licht sahen, fühlten wir uns wie mitten in der Brandung.

„Da ist das Meer" keuchte Ronco und zeigte mit dem vor Anstrengung schwer gewordenen Arm nach vorne.

Wir schöpften neuen Mut. In regelmäßigen Abständen schwappte das Wasser über uns hinweg. Es schmeckte salzig. Ich blickte auf meine Armbanduhr. Die in der Dunkelheit leuchtenden Zeiger standen auf dreiviertel fünf. In einer halben Stunde würde die Flut beginnen und dann waren wir in diesem Gang verloren. Meter um Meter kämpften wir uns voran. Der Kanal begann flacher zu werden. Gleichzeitig erhöhte sich die Decke und gab unseren Köpfen Raum. Durch Gischt, Wellen und Wassertropfen, die von der Decke fielen, konnten wir den rechteckigen meerseitigen Ausgang des Kanals bereits deutlich erkennen. Helles Licht von den feinen Wassertröpfchen der Gischt in seine Regenbogenfarben zerlegt, blendete unsere Augen. Doch welche Enttäuschung! Auch hier verwehrte ein Gitter unsere weitere Flucht. Erschöpft, ratlos und völlig entmutigt standen wir vor den rostigen Eisenstäben. Der Wasserspiegel im Felsengang veränderte sich von Sekunde zu Sekunde. Das eine Mal reichte uns das Wasser nur bis zur Hüfte, um Sekunden später als mächtige Welle über unsere Köpfe hinweg zu fegen. Ich ergriff eine der dicken, verrosteten, senkrecht im Felsen verankerten Eisenstangen und rüttelte daran. Sie bewegte sich keinen Millimeter.

„Hilfe, was machen wir jetzt!"

Ronco betrachtete angestrengt die Wände, da wo die Stangen im Felsen verankert waren. „Wir brauchen nur eine einzige herausbekommen, dann passen unsere Körper durch."

Ich fasste meinen Freund an der Schulter, musste für einige Sekunden die Augen schließen, da wieder eine große Welle heranschoss, und schrie ihm dann ins Ohr:

„Wir müssen die Axt aus dem stinkenden Maschinenraum holen und zwar schnell, bevor die Flut einsetzt."

Ronco nickte und begann wieder in die Richtung zu waten, aus der wir gerade gekommen waren. Ich folgte ihm.

Diesmal hatten wir die Wellen im Rücken, was unser Vorankommen wesentlich erleichterte. Nur der steigende Wasserspiegel machte uns zu schaffen. An manchen Stellen reichte der Platz zwischen Wasseroberfläche und Kanaldecke nicht einmal mehr für den Kopf, und sobald eine Welle kam, war der Kanal randvoll mit salzigem Wasser. Nur gut, dass mit der Entfernung vom Meer die Wellenhöhe abnahm, bis wir wieder im dunklen, ruhigen Wasser wateten. Vor uns aus der Finsternis erklang erneut das Stampfen und Dröhnen der großen Maschine. Wir atmeten tief durch und kletterten ins Trockene. Im Maschinenraum hatte sich während unserer Abwesenheit nichts verändert. Bis auf die Tür. Die stand einen Spaltbreit offen. Es war klar, dass unsere Verfolger nicht aufgeben würden. Der ohrenbetäubende Lärm des Dieselmotors schluckte unsere Worte. Doch seine Hitze tat gut, denn mich fror in meinen nassen Kleidern.

Es war bezeichnend für die Anspannung und Angst, die wir empfanden, dass wir ohne zu reden unmittelbar die Gefahr bekämpften. Mit einem schweren Balken drückten wir die Tür wieder fest ins Schloss und verrammelten sie mit den übrigen Balken derart, dass es eines Panzers bedurft hätte, sie von außen aufzubrechen. Dann packte Ronco die schwere Axt, ich nahm das armlange Wasserleitungsrohr, und erneut ging es hinunter in den nassen, finsteren Kanal.

Noch einmal hatten wir die Strecke zum Meer zurück-
zulegen. Diesmal unter erschwerten Bedingungen, denn
durch die hereinbrechende Flut war kaum mehr Luft
zwischen Wasser und Kanaldecke. Und der Wasserspiegel stieg von Minute zu Minute. Außerdem hatten
wir nur je eine Hand zum Vorwärtstasten an der
schlüpfrigen, belebten Kanalwand frei. „Jetzt werden
wir bald ersticken", schoss mir durch den Kopf, als auch
in den Wellentälern kaum mehr Luft zum Atmen blieb.
In meiner Nase brannte es. Doch der Schmerz drang
immer weniger in mein Bewusstsein, denn meine Lungen schienen jeden Moment zu platzen und schrieen
fortwährend „atme, atme, atme!" Wie beneidete ich die
Fische, die ohne Angst zwischen unseren Beinen her-
umschwammen, so als wollten sie sagen: „Vor euch
fürchten wir uns nicht. Ihr seid sowieso bald Futter für
uns!"

Ronco, der vor mir die Fluten durchschritt, wurde
immer langsamer. Ich sah ihn nicht, stieß nur immer
wieder gegen seinen Rücken. Mit letzter Kraft schob ich
ihn nach vorne. Und er ging weiter, immer weiter ...
Und plötzlich bemerkte ich, wie der Boden wieder an-
zusteigen begann, die Decke zurückwich und unseren
lufthungrigen Lungen Raum zum Atmen gab. Wie ein
Frosch hing ich an einem Felsvorsprung, hielt den
Mund in die Höhe und sog das kostbare Gas in meinen
Körper, wobei ich immer wieder salziges Wasser aus-
spucken musste. In der Nähe des meerseitigen Kanal-
endes drang auch wieder Licht durch die weiße Gischt
und das grün schillernde Wasser, so dass ich meine
Umgebung in allen Einzelheiten erkennen konnte. Der
Felsen neben mir schillerte in allen erdenklichen Braun-
und Grüntönen und war mit tausenden kleinster Lebe-

wesen übersät. An allen Ecken und Enden krabbelte es. In der Nähe meiner linken Hand saß auf einem Stein eine große gelbbraune Krabbe und musterte mich mit ihren Antennenaugen. Wozu diente eigentlich dieser Kanal? Doch sicherlich nicht als Fluchtweg, denn sonst hätte man den Ausgang kaum vergittert. Vielleicht zur Kühlwasserversorgung des Dieselmotors oder zur Beseitigung von Abwässern aus dem Haus. Ich suchte an den Wänden nach Röhren, fand aber keine.

Von vorne erklangen zwischen dem Donnern der Wellen Klopfgeräusche. Ronco bearbeitete bereits die Eisenstangen mit seiner schweren Axt. Durch Wellengischt und herumfliegende glitzernde Wassertropfen sah ich ihn die Axt schwingen. Schnell watete ich durch die wirbelnden Wassermassen nach vorne, das Wasserleitungsrohr fest in meiner Hand. Mein Freund schlug immer wieder auf das obere Ende der Eisenstangen. Doch keine rührte sich. Das Wasser stieg von Minute zu Minute. Schon bremste es die Wucht der Axtschläge. Da hatte ich eine Idee. Wie ein Stemmeisen setzte ich ein Ende des Wasserleitungsrohrs auf den Stein, dort wo eine der Eisenstangen in die Wand eingelassen war. Ronco verstand sofort. Besessen schlug er auf das andere Ende des Rohres, das jedes mal so stark vibrierte, dass meine Hände schmerzten. Doch der Erfolg ließ nicht lange auf sich warten. Plötzlich sprang ein Stück Stein aus der Umfassung der Eisenstange. Mit schaukelnden Bewegungen sank es durch das klare Meerwasser zu Boden. Ich steckte das Wasserleitungsrohr in die entstandene Höhle und hebelte weitere Gesteinsbrocken heraus. Auf einmal ließ sich die Eisenstange bewegen. Mit vor Freude glänzenden Augen sahen wir uns an, packten das obere freie Ende der Metallstange und zogen es zu uns ins Innere des Kanals. Dabei zerbarst die untere Zementeinfassung und die Stange fiel vor unsere Füße.

Der Weg aus dem Kanal war frei. Wegen der immer schneller steigenden Flut befand sich die Lücke zwischen den Gitterstäben nun schon zum größten Teil unter Wasser und wir mussten beim Hinausklettern abermals die Luft anhalten. Doch was war das schon gegenüber den Strapazen beim Durchqueren des Kanals! Draußen erwartete uns die abendliche, aber immer noch heiße Sonne der Subtropen. Der Kanal mündete an einer Uferstelle voller Klippen ins Meer. Riesige, graue Felsbrocken und dazwischen feiner, weicher Sand derselben Farbe. Wir streckten uns an einer trockenen Stelle aus, genossen die Kraft der Sonne und die im Sand gespeicherte Wärme des zu Ende gehenden Tages. Die Kleidung trocknete auf nahen Felsen.

Langsam wich unsere Erschöpfung der Sorge um unsere Freunde und die Jacht. Außerdem befürchtete ich, Willi und Moni, könnten inzwischen die Polizei über unser Verschwinden unterrichtet haben. Und Polizei, das bedeutete in so einem Land immer einen langen und unfreiwilligen Aufenthalt. Gut, wir hätten bei dem Abenteuer im Kanal ums Leben kommen können. Vielleicht wollte man uns aber auch nur einen Denkzettel verpassen.

Bei dem Weg zur Jacht kam mir die einsame Lage des Ortes und seine Winzigkeit erst so recht zu Bewusstsein. Das konnte nicht El Araich sein. Ich hatte mir die Karte genau angesehen und da wir noch an keiner größeren Hafenstadt vorbeigekommen waren, mussten wir uns nördlich von El Araich befinden.

„Eins ist jedenfalls klar", flüsterte ich, bevor wir das sanft in den abendlichen Wellen schaukelnde Boot betraten. „Der Jan fliegt raus. Meinetwegen kann er in seinem Puff bleiben!"

Wenn man vom Teufel spricht, dann ist er meist nicht weit. Und der Teufel war Jan. Als ich die Kajüte betrat, grinste mich der angebliche Maschinist mit einem schadenfrohen Gesichtsausdruck an: „Na, zurück vom Spaziergang, ihr beiden?"

Ich baute mich vor ihm auf. „Ja, wir sind zurück. Aber jemand anderes wird gleich von Bord gehen!"

Jans Grinsen verstärkte sich. „Ich glaube, ein Schläfchen würde euch beiden gut tun ..."

An das, was danach geschah, kann ich mich nicht mehr erinnern, denn plötzlich erschütterte ein wuchtiger Schlag meinen Kopf und hieß mich in die Knie gehen. Um mir keine Chance zur Gegenwehr zu geben, folgte ein weiterer Schlag auf meinen Schädel, der mich endgültig ins Land der Träume beförderte.

II

Als ich am Morgen des nächsten Tages meine Augen öffnete, sah ich als erstes Monis rotblondes Haar im Wind wehen. Rechts daneben, vor der Kajüte saß einer der dunkelhäutigen Männer, die wir im Kellerflur des Bordells gesehen hatten. Die schwarze Mündung seiner Pistole zeigte auf meine Brust. Hinter dem Kajütenfenster bewegte sich das dreckig grinsende, Kaugummi kauende Gesicht von Jan. Ich drehte meinen Kopf zur Seite und schrie auf vor Schmerz. Nicht nur im Motorraum der Jacht tuckerte es, sondern auch in meinem Hirn. Ich hob die Hand und legte sie auf die Stelle meines Schädels, an der ich die Ursache für den Schmerz vermutete. In der Nähe des Wirbels ließ sich eine schmerzhafte und teilweise von einer Kruste aus geronnenem Blut überzogene Wunde tasten. Der Mann mit der Pistole war inzwischen aufgesprungen und fuchtelte unter Gebrüll in einer fremden Sprache mit der Waffe vor meinem Gesicht herum. Auch unter Deck begann jemand zu brüllen, und bald erschien mit erhobenen Händen Willi, gefolgt von dem anderen dunkelhäutigen Mann. Links neben mir bewegte sich jemand. Es war Ronco. Auch ihn hatte man am Vorabend niedergeschlagen. Mit schmerzverzerrtem Gesicht sah er sich um.

In den folgenden Stunden präsentierten sich uns Himmel und Meer in einem grauen Blau, das nur hier und da von einzelnen weißen Wölkchen belebt wurde, oder von flüchtigen Schaumkronen größerer Wellen. Weiter hinten am Horizont standen, wie an einer Schnur aufgereiht, wartende Öltanker. Die Zeit zog sich öde dahin. Nichts geschah. Die beiden dunkelhäutigen Männer verhielten sich auffallend still. Sie musterten uns jedoch unentwegt mit ihren flinken, schwarzbraunen Augen. Anscheinend warteten sie auf Jans Kommando. Eine Vermutung, die sich bald bewahrheiten sollte. Schritte erklangen und der nach Bier und Schweiß stinkende Maschinist trat in unsere Mitte.

„So eine Überraschung, was?"

Am liebsten wäre ich aufgesprungen und hätte ihm meine Faust zwischen seine braunen Zahnstummel gedonnert. Doch die schwarze Mündung der auf mich gerichteten Waffe ließ mich zur Vernunft kommen.

„Ich sagte, so eine Überraschung!"

Es folgte eine kurze Ansprache, wobei uns dieser stinkende Verbrecher zu verstehen gab, dass er das Kommando an Bord übernommen hatte. Niemand zweifelte daran. Seine beiden Begleiter stellte er als Geschäftsleute vor, die eine nicht näher bezeichnete Ware dringend außer Landes zu bringen hatten.

Den Nachmittag verbrachten wir unter Deck, gefangen auf dem eigenen Schiff und selbstverständlich strengstens bewacht. Wie ich am Stand der Sonne ablesen konnte, musste sich der Kurs unserer Jacht geändert haben. Wir fuhren nicht mehr nach Süden, sondern westwärts. Auch nachts ließ man uns nicht an Deck. Zu essen gab es reichlich, jedoch erlaubten uns diese Kerle nicht, uns zu waschen, was für einen an Reinlichkeit gewöhnten, halbwegs zivilisierten Menschen schon sehr unangenehm sein kann. Meine Wunde am Kopf hatte zu nässen begonnen. Ich brauchte dringendst Wasser, um sie zu säubern. Gegen Mitternacht brachte man mir einen nassen Lappen. Das linderte wenigstens die Schmerzen. Auch während der folgenden Nacht behielten wir unseren neuen Kurs bei. Der Motor lief ständig auf Hochtouren, ein Zeichen dafür, dass Jan und seine Begleiter es eilig hatten.

Der Morgen unseres zweiten Tages in Gefangenschaft begann zu dämmern. Die ganze Nacht über waren wir wach gelegen, zu sehr hatten uns die Ereignisse der letzten zwei Tage aufgewühlt und zu groß waren die Sorgen vor der Zukunft. Unsere Entführer sprachen nicht mit uns. Am Vormittag der dritten Tages erschien am Horizont eine kleine Inselgruppe, auf die unsere Banditen mit Volldampf zusteuerten. Sollte da etwa die Lösung des Rätsels unserer Gefangennahme liegen?

Etwa gegen Mittag hatten wir eine der Inseln erreicht. Nachdem die Jacht vor dem Kiesstrand vor Anker gegangen war, erschien Jan und forderte uns auf, ins Wasser zu springen und die wenigen Meter zum Ufer zu schwimmen. Offensichtlich war unsere Reise hier zu Ende. Auf alle Fälle war es das Ende unserer Gefangenschaft. Wir sprangen. Moni weigerte sich anfangs, wurde jedoch von einem der Männer einfach über Bord geworfen.

Da standen wir nun, mit nassen Kleidern, an einem herrlichen Strand und mussten zusehen, wie unsere Jacht zur Weiterfahrt klar gemacht wurde. Bevor er wieder in der Kabine verschwand, rief Jan noch „schönen Urlaub" zu uns herüber und verzog sein fieses Gesicht zu einer Grimasse. Dann begann der Motor zu arbeiten. Die Jacht drehte sich, nahm Fahrt auf und wurde immer kleiner, bis sie im flirrenden Licht des Horizonts nicht mehr auszumachen war.

Moni zog ihre Schuhe aus, schüttelte das Wasser heraus, wollte sie wieder anziehen, überlegte es sich anders und schleuderte sie wutentbrannt auf den Strand.

„Mist, Mist, Mist! Was sollen wir denn hier? Was denkt sich dieser brutale Mensch eigentlich? Ach ich könnte ihn ..."

Ohne auf unsere Reaktion zu warten, lief sie vom Strand weg und auf die großen verwitterten Felsen zu. Bald hatte sie die Stelle erreicht, an der das gleißende Gelb des Sandes endete. In fünfzig Metern Entfernung ragte eine Felswand steil auf und unterteilte mit ihrem Schatten den Strand in zwei Bereiche, in einen hellen heißen und einen dunklen kühlen.

„Ja, was soll das Ganze?", rief jetzt auch Ronco, der sich offensichtlich von seinem Schock erholt hatte. „Was sollen wir hier essen? Wir werden verhungern!"

Willi, der bislang regungslos im Sand nahe der Brandung gesessen hatte, sprang auf und lief seiner Moni hinterher. Ein sicheres Zeichen dafür, dass er noch nicht hungrig   war.

Ich legte meinen Arm auf Roncos Schulter. „Irgendetwas Essbares werden wir schon finden, und wenn es Vogeleier oder Fische sind. Keine Sorge, wir überleben auf alle Fälle. Hier in der Nähe muss die portugiesische Insel Madeira liegen. Da kommen viele Schiffe vorbei. Die werden uns sicher bald finden."

Ronco nickte nur und wischte sich den Schweiß von der Stirn. Gemeinsam folgten wir Willi und Moni.

Kaum hatten wir den schattigen Bereich unter den Felsen erreicht, da hörten wir die beiden auch schon unsere Namen rufen. Als wir bei ihnen angekommen waren, erzählten sie uns mit vor Freude strahlenden Gesichtern, dass sie Ziegen gesehen hatten. Ziegen, das bedeutet Milch, Nahrung. Und tatsächlich, da oben am Hang standen sie, die gelbgrau gefleckten Tiere und musterten uns argwöhnisch.

Moni klopfte mir auf die Brust. „Ihr müsst nur eine fangen, wenn ihr Milch trinken wollt. Ich ruhe mich unterdessen aus. Ich bin nämlich hundemüde. Passt aber auf, dass ihr ein weibliches Tier erwischt, sonst habt ihr mit dem Melken Schwierigkeiten."

Das Einfangen so einer Ziege entpuppte sich als schier unlösbare Aufgabe. Zwar ließen uns die friedlich grasenden Tiere bis auf wenige Schritte an sich heran, machten dann aber plötzlich einen Satz und verschwanden irgendwo zwischen Geröll und ausgedörrtem, dornigen Buschwerk. Wir hätten auch nie eines dieser flinken Wesen erwischt, wenn nicht Willi einen seiner seltenen aber großartigen Einfälle gehabt hätte. Auf der einen Seite des Hanges befand sich eine Formation aus Felsblöcken, die an einen großen Trichter erinnerte. Im schmalen Hals dieses Trichters wollte sich Willi in einer Mulde verstecken, während wir ihm die Tiere zutreiben sollten. Gesagt, getan. Nach einer Viertelstunde hatten wir unsere Ziege. Jedoch nicht ohne Kampf, denn das Tier strampelte aus Leibeskräften, so dass wir es buchstäblich zum Strand hinuntertragen mussten. Dort wurde es von Moni eingehend begutachtet.

„Wer will als erster saugen?"

Willi blickte sie verständnislos an. „Saugen? Wieso?"

„Na sag bloß, du hast vom Schiff einen Topf mitgebracht!"

Nach einigem hin und her zog Ronco schließlich eine kleine Schnapsflasche aus seiner Hosentasche. Der metallene Verschluss war groß genug, um als Becher zu dienen. Doch was für eine Enttäuschung! Aus dem Euter des uns fassungslos anstarrenden Tieres kam keine Milch, nicht der kleinste Tropfen. Nichts!

Frustriert ließen wir die Ziege los. Das Tier rührte sich anfangs nicht, so als könne es sein Glück nicht fassen, ging dann einige Schritte rückwärts, um schließlich nach einer Kehrtwendung in wildem Galopp davonzurasen.

„Ihr müsst eine Ziege fangen, die Junge hat, ihr Vollidioten" flüsterte Moni in gespielter Verzweiflung.

Ronco klopfte sich den gelben Sand von seiner Jeans. „Also, auf ein neues!"

Der Trick mit dem Trichter hatte sich bei den Ziegen noch nicht herumgesprochen, denn gegen Abend konnten wir eines der Muttertiere fangen. Wieder mussten wir die sich heftig wehrende Ziege mit Gewalt abtransportieren. Das Junge folgte uns in einem sicheren Abstand. Und was niemand mehr erwartet hätte – das Euter war prall voller Milch!

Nach diesen Strapazen legten wir uns auf den Sand zwischen die warmen Felsblöcke und genossen das Schauspiel der weit draußen im Meer feuerrot untergehenden Sonne. Mit der Nacht kamen abertausende Grillen aus ihren Felsverstecken und begannen zu musizieren. Romantisch! Ja, denkt man sich die Geschehnisse der vorangegangenen Tage weg, so war es wirklich romantisch unter dem klaren Himmel zu liegen, mit seinen unzähligen gelben Sternen, begleitet vom Zirpen der Grillen, dem Rauschen der Wellen und der milden nächtlichen Meeresbrise. Irgendwo zwischen diesen Empfindungen schlief ich ein.

Der nächste Morgen stellte sich als genaue Wiederholung des drei Tage zuvor schon einmal durchlebten Alptraums heraus. Wieder blickte ich in den Lauf einer

Pistole und wieder stand der dreckig grinsende, unrasierte Jan vor mir.

„Wir haben umdisponiert, Freunde", maulte der Maschinist zwischen Kaugummigeschmatze und Alkoholgestank. „Ihr werdet uns nun doch begleiten. Aber keine Mätzchen, klar? Wenn wir auf den Kapverden sind, bekommt ihr euer Boot zurück."

Er drehte sich in Richtung Meer und gab uns mit seiner Pistole das Zeichen, vor ihm herzugehen.

Nach einer halben Stunde entfernte sich unsere Jacht bereits wieder von der Insel. Uns sperrte man unter Deck ein. Da man uns keinen Bewacher zugeteilt hatte, konnten wir wenigstens miteinander reden, ohne gleich bei unseren Entführern Unmut auszulösen. Moni war sichtlich niedergeschlagen. Zuerst saß sie lange regungslos auf einer Matratze, während wir uns leise über die Möglichkeiten einer Flucht unterhielten. Doch mit einem Mal sprang sie auf, packte ein kleines Beil, das neben einem Bullauge an der Wand hing und begann wie wild gegen den Boden der Jacht zu schlagen.

„Bist du verrückt, Moni!" Der blasse, dicke Willi beeilte sich, seiner Freundin das Beil aus den Händen zu reißen. Zum Glück konnte er sie schnell wieder zur Vernunft bringen. Ein Loch im Schiffsrumpf wäre unser aller Ende gewesen, denn man hatte die Falltür zu unserem Gefängnis zugesperrt. Gefangen unter Deck, wären wir alle ertrunken. Irgendetwas aber musste geschehen. Ronco, auf dessen Einfallsreichtum man sich immer verlassen konnte, hatte offensichtlich auch schon einen Plan.

„Der Motor! Wir müssen ihn betriebsunfähig machen."

Schon stand mein Freund an der hinteren Wand des kleinen Raumes, hinter der die kraftvolle Dieselmaschine mit Volldampf hämmerte, und drückte mit der Hand gegen die vibrierende Sperrholzverkleidung. Gespannt warteten wir darauf, was unser Freund vor hatte. Dann zog Ronco einen kleinen Schraubenzieher aus seiner Hosentasche. Er trug ständig einen bei sich. Mit dem bleistiftgroßen Werkzeug begann er die biegsamen braun lackierten Holzplatten abzuschrauben. Klar, er wollte einen Zugang zum Maschinenraum schaffen. Ich kam ihm zu Hilfe. Willi und Moni krochen auf allen Vieren zur gegenüberliegenden Wand und unterhielten sich lautstark, um die drei Halunken auf Deck von unserem Vorhaben abzulenken.

Die Schrauben saßen sehr fest, ließen sich zunächst keinen Millimeter bewegen. Sie waren wohl schon etwas verrostet. Doch nach längerem Probieren gaben sie dann doch nach. Eine der Holzplatten bewegte sich und ließ sich lösen. Vom Maschinenraum trennte uns nur noch ein Metallblech, das die innere Wand bildete und vor Feuer und Hitze schützen sollte. Der Maschinenlärm hatte enorm zugenommen. Also weiter. Nun hieß es die Metallplatte von den Eisenstreben, die das Grundgerüst der Wand bildeten, loszuschrauben. Wir hatten gerade eine der Muttern von hinten gelöst, als da, wo wir den Motor vermuteten, ein lautes Geprassel einsetzte, dem ein ohrenbetäubender Knall folgte, der das ganze Schiff erzittern ließ. Stille. Der Motor rührte sich nicht mehr. Die antriebslose Jacht verlor an Fahrt, legte sich quer und begann in alle möglichen Richtungen zu schaukeln. Was war geschehen? Von oben erklang lautes Fluchen. Dann Schritte über unseren Köpfen. Irgendjemand öffnete von außen die Tür zum Motorraum.

„Wenn diese Verbrecher bemerken, dass wir versucht haben, in den Motorraum zu gelangen, dann bringen die uns vielleicht um!"

Ronco hatte genau das ausgesprochen, was auch ich befürchtete. Schnell, mit zitternden Fingern, setzten wir die Sperrholzplatte wieder an ihre Stelle und drehten die Schrauben hinein, krumm, schief, egal wie, nur halten sollte es. Moni und Willi hatten inzwischen ihr Ablenkungsmanöver eingestellt. Wieso kam niemand? Die plötzliche Stille spannte unsere Nerven bis zum Zerreißen. Ab und zu erklang aus dem Maschinenraum ein metallenes Geräusch. Jemand versuchte den Motor zu reparieren.

In den Tropen verläuft der Wechsel vom Tag zur Nacht viel rascher als in den gemäßigten Breiten. Und da seit der Explosion im Maschinenraum alle elektrischen Anlagen des Schiffes ausgefallen waren, befanden wir uns von einer Minute zur nächsten in völliger Dunkelheit. Zum Glück hatte man uns in der Speisekammer unserer Jacht mit all ihren Vorräten an Nahrungsmitteln und Leuchtmaterial eingesperrt. Also aßen wir erst einmal zu Abend. Bohnen, Fisch, Sojawürstchen, Sauerkraut. Trotz, oder vielleicht sogar wegen der kritischen Situation in der wir uns befanden, mussten wir lachten. Zu komisch war es, bei fast jedem Bissen ein Streichholz anzünden zu müssen!

Später legten wir uns mit vollen Bäuchen und einigermaßen versöhnten Herzen schlafen. Sollten die da oben selbst schauen, wie sie in der Dunkelheit mit dem Motor zurechtkamen!

III

Als der Morgen des folgenden Tages dämmerte, weckten uns die Stimmen von Jan und seinen Begleitern, die sich an Deck lautstark über irgendein Problem unterhielten. Ein Blick aus den schmalen Bullaugen ließ nichts weiter erkennen als die graue, von dichtem Nebel bedeckte Wasseroberfläche. Es hatte zu nieseln begonnen. Von oben erklangen nun in regelmäßigen Abständen Rufe. „Hallo, hoho, ... ist da wer? ..."

Ronco ging zur Falltür, drückte dagegen und konnte sie zu unserer großen Überraschung öffnen. Einer nach dem anderen kletterten wir ins Freie. Da standen sie nun, unsere Entführer und brüllten ihre Fragen in verschiedenen Sprachen in den Nebel hinaus. „Anybody here?" Aber das Sonderbare war, dass aus dem Nebel ein Echo zurückkam. Irgendwo da vorne in der grauweißen, dunstigen Nebelbrühe versteckt musste sich etwas gigantisch Großes befinden. Als sich dann mit der kräftiger werdenden Morgensonne der Nebel langsam auflöste, schälten sich in etwa fünfzig Meter Entfernung immer deutlicher die Umrisse eines riesigen Schiffbugs aus den weißgrauen Schwaden. Die schweren Stahlplatten waren bis zur himmelhoch aufragenden weißen Reling hinauf mit bunten Symbolen und Schriftzeichen bemalt. Noch nie vorher in meinem Leben hatte ich eine solche Schrift gesehen. An einigen Stellen hingen Strickleitern herab. Ganz weit oben sahen sie aus wie Fäden. Erst unten, in unserer Nähe, konnte man erkennen dass sie aus zwei weißen Seilen bestanden, die blaugelbe Sprossen hielten.

Jan und die beiden dunkelhäutigen Männer hatten uns zwar bemerkt, reagierten aber nicht auf unser Erscheinen. Stattdessen standen sie nur herum, die Hände in den Hosentaschen, und beratschlagten lauthals. Das riesige Schiff vor uns erweckte einen verlassenen Eindruck. Nichts wies auf die Anwesenheit von Menschen hin. Wie eine Wand aus Stahl stand es still und regungslos im Meer. Nur dem leichten Wellengang war es zu verdanken, dass wir uns dem farbigen Rumpf langsam aber stetig näherten. Gegen Mittag, auf meiner Uhr war es kurz vor halb zwölf, befanden wir uns schließlich so dicht neben der bunt bemalten Metallwand, dass man das Gefühl hatte, nur den Arm danach ausstrecken zu müssen. Eine der Strickleitern, die von dem himmelhoch aufragenden Schiffsbug herabhing, klatschte immer wieder gegen die Reling unserer Jacht.

Was hatte es mit diesem, anscheinend herrenlosen Schiffsungetüm auf sich? Alle möglichen Vermutungen kamen zur Sprache und wurden wieder verworfen. Jeder von uns hatte eine andere Erklärung. Vom Geisterschiff bis zur Atombombe wurden alle möglichen und unmöglichen Gründe angesprochen. Sonderbarerweise behandelte uns Jan wieder wie Menschen. Doch wir hatten uns vorgenommen, nicht noch einmal auf sein kumpelhaftes Gehabe hereinzufallen. So bald wie möglich wollten wir ihn der Polizei übergeben.

Eine Brise kam auf, trieb die Nebelreste fort, machte den Himmel so blau wie Monis Augen und brachte Leben in die müden Wellen. Das Ende einer der schweren Strickleitern, die von dem sonderbaren Schiff herabhingen, war schon einige Male bedrohlich nahe an unseren Köpfen vorbeigesurrt. Viel beängstigender jedoch erschien uns nun die Nähe der bewegungslos im Wasser stehenden Stahlwand, an der unsere Jacht leicht zerschellen konnte. Immer gefährlicher wurden die tänzelnden Bewegungen unseres kleinen Schiffchens auf den sich höher und höher auftürmenden Wellen.

Mit einem Male surrte eine der Strickleitern in Richtung unserer Jacht, fegte über unsere Köpfe hinweg, verfing sich am Kajütendach, riss unter ohrenbetäubendem Gekrache ein Stück der Kajüte mit sich fort, klatschte gegen den Rumpf des fremden Schiffes, kam zurück und blieb irgendwo am eisernen Trägermaterial der lädierten Kajüte hängen. Daraufhin drehte sich die Jacht und stieß mit ihrer Vorderseite hart gegen den stählernen Schiffsrumpf. Glas splitterte. Unter Deck erklang ein Zischen. Wer sich nicht festgehalten hatte, lag jetzt auf dem Deck zwischen den Resten der zerfetzten Kajüte. Die an ihrer Vorderseite beschädigte Jacht tänzelte zurück und holte zu einem neuen Schlag aus.

Moni, die sich bisher abwechselnd an Willi und an mir festgehalten hatte, lief zur beschädigten Kajüte, klettere am verbogenen Gestänge bis zur Strickleiter, fasste die weißen Taue und begann die blaugelben Sprossen nach oben zu steigen. Der kräftige Wind blies ihr langes rotblondes Haar wie eine Flamme mal nach rechts, mal nach links, mal nach oben. Unter anderen Umständen hätte mir der Anblick von Monis Haar im Wind gefallen. Doch als sie kurz innehielt, um zu uns zurückzublicken, sprach aus ihren Augen blankes Entsetzen. Dennoch stieg sie weiter, immer weiter nach oben. Ihr Körper wurde kleiner, aber auch langsamer. Bald hörte sie ganz auf zu klettern, klammerte sich nur noch an den beiden Führungsseilen der Leiter fest. Willi, der jetzt eigentlich seiner Freundin zu Hilfe hätte eilen müssen, öffnete den Mund, schnitt Grimassen und gestikulierte, so als probte er einen Stummfilmauftritt. Jan und die beiden Männer sahen stumm und ohne jede Regung der Flucht der jungen Dame zu.

Da erschütterte ein weiterer durchdringender Stoß die Jacht. Ein zwei Meter langer Riss von Steuerbord quer durchs Deck tat sich auf und machte uns unmissverständlich klar, dass sich unser Schiff nur noch kurze Zeit über Wasser halten würde. Von oben erklang ein Schrei. Moni hielt sich verzweifelt an der sich im stärker werdenden Wind windenden Leiter fest. Mein Blick fiel auf ein zusammengerolltes Seil, das zum Festmachen der Jacht diente. Ich nahm es vom Haken, wickelte es mir um den Leib und kletterte die Kajütentrümmer hinauf, bis zur Strickleiter. Das wilde Schaukeln der Jacht und die sich windende und drehende Strickleiter machten das Klettern zu einem Wagnis.

Als mein Kopf auf der Höhe von Monis Füßen angelangt war, erklang von unten erneut ein ohrenbetäubendes Krachen. Dieses Mal hatte eine schwere Welle unser Boot voll mit der Breitseite gegen die Stahlwand gedonnert. Irgendwo im Innern des großen Schiffes breitete sich der Schall des Aufpralls echoartig aus. Die unter mir auf den Wellen tanzende Jacht hing immer noch an der Strickleiter fest und zerrte derart kraftvoll daran, dass die Leiter sich immer wieder aufbäumte, so als versuchte sie uns abzuschütteln. Inzwischen war ich mit Moni auf gleicher Höhe. Vorsichtig schlang ich das eine Ende des Seils um meine Taille, das andere um Monis und sicherte es mit vielen Knoten ab.

Unter mir begannen nun auch Ronco und Willi, sowie Jan und einer seiner Begleiter an der Strickleiter nach oben zu klettern. Jans zweiter Begleiter hatte sich anscheinend schwer verletzt, denn er lag auf dem völlig demolierten Deck, rollte hin und her und hielt sich den Bauch.

Vorsichtig begann ich Moni nach oben zu schieben. Anfangs wollte sie ihre krampfhaft die Strickleiter umklammernden Hände nicht von den weißen, rauen Tauen lösen.

„Los Moni, geh weiter! Schau nicht runter! Mach die Augen zu!"

Das Gesicht vor mir mit den im Wind wehenden rotblonden Locken nickte. Augen und Mund waren fest zusammengepresst, die Haut bleich wie die einer Toten. Langsam, Stufe um Stufe, kämpften wir uns nach oben.

Es ist eine der unangenehmsten Aufgaben, anderen Menschen Mut machen zu müssen, während man selbst vor Angst zittert. Doch schon öfter in meinem Leben hatte ich lernen müssen, dass man in ausweglos erscheinenden Situationen nur noch vorwärts schreiten kann, weitermachen muss, egal wie. Zum Schluss gelangt man dann doch an sein Ziel.

Dreißig Meter über uns türmte sich wie ein überhängender Felsen die Reling des fremden Schiffes. Die Torkelbewegungen der Strickleiter hatten nachgelassen. Es lag eine eigentümliche Spannung in den Seilen. Ein Blick nach unten bestätigte meine Befürchtung. Unsere Jacht sank. Plötzlich durchliefen feine Erschütterungen die Strickleiter. Ich nahm die Trägerseile ganz fest in meine Hände, stellte mich hinter Moni und drückte sie so kräftig wie möglich gegen die Sprossen. Keine Sekunde zu früh, denn das sinkende Schiff riss sich los und gab die Leiter frei. Die Strickleiter bäumte sich auf, riss uns nach oben, ließ uns für einige Augenblicke schwerelos werden, um uns dann unter Zucken und

Drehen mehrmals gegen die Schiffswand zu schleudern, so als wollte sie uns um jeden Preis abschütteln. In meinem Rücken krachte es. Unter uns im Meer tanzten unzählige weiß gestrichene Holzstücke auf den blaugrünen Wellen. Von der Jacht war nichts mehr zu sehen.

Langsam begann sich die Leiter wieder zu beruhigen. Vorsichtig führte ich Moni weiter nach oben. Ronco unter mir wurde bereits ungeduldig. Er hatte sich an der Hand verletzt, denn an jeder Sprosse, die er berührte, blieb ein roter Fleck zurück. Je schwindelerregender die Höhe wurde, um so näher kam auch die rettende Reling. Mit letzter Kraft rollte ich mich und Moni unter der untersten Relingsprosse hindurch auf Deck, entknotete das Seil und blieb, völlig außer Atem, auf dem Rücken liegen.

Wieso sah uns niemand? Wieso kam uns niemand zu Hilfe? Auf dem riesigen Schiff mussten sich doch Menschen aufhalten. Wie ein Öltanker sah der Stahlriese jedenfalls nicht aus. Das Deck erinnerte vielmehr an ein typisches Kreuzfahrtschiff. Gelbe Liegestühle gruppierten sich um einen tiefblauen Swimmingpool, dazu Decken, die im Sonnenlicht sonderbar braunrot glitzerten. Seltsam erschien mir diese absolut steril anmutende Sauberkeit und Ordnung. Und wo befanden sich die Passagiere und die Besatzung? Die einzigen Menschen auf der fußballfeldgroßen, blitzblank sauberen Fläche waren Moni und ich, und bald auch Ronco und Jan, die nacheinander keuchend über die Reling geklettert kamen und sich dann erschöpft auf das harte, metallene, sonnenheiße Deck fallen ließen. Wo waren all die Urlauber, für die so viele Liegestühle bereitstanden? Warum badete niemand im Swimmingpool, auf dessen glatter, ruhiger Wasseroberfläche eine dünne Ölschicht bunt schillerte. Moni war das total egal. Sie hatte sich auf den Rücken gelegt, alle Viere von sich gestreckt und atmete tief.

Nach Willi kam als letzter einer von Jans Begleitern an Deck. Der andere war mit der Jacht im Meer verschwunden. Alle hatten wir uns beim Klettern verletzt. Schmerz kann hinterhältig sein. Hat man gerade etwas Wichtiges zu tun, so wartet er bis man ihm mehr Zeit widmen kann. In meinem Rücken begann es jetzt bei jeder Bewegung zu stechen. Zu allem Überfluss war die Wunde an meinem Kopf, die ich Jans Begleitern zu verdanken hatte, noch nicht verheilt. Die feste mit Haaren verklebte Kruste schmerzte bei jeder Berührung. Vor dem Verlassen unseres Gefängnisses auf der Jacht hatte ich meine Hosentaschen mit Fischkonserven vollgestopft, um nicht wieder ohne Nahrungsmittel auf einer menschenleeren Insel ausgesetzt zu werden. Die scharfen Metallkanten der Dosen hatten sich beim Klettern auf der Strickleiter in meine Oberschenkel gebohrt. Mit schmerzverzerrtem Gesicht zog ich die Konserven aus meinen Hosentaschen, humpelte zum Swimmingpool und schob sie unter ein Gebilde, das einer Hundehütte auf Stelzen ähnelte. Von außen waren die Dosen nicht sichtbar. Meine Freunde diskutierten inzwischen lautstark mit den beiden Verbrechern. Ab und zu zeigte einer auf das im Sonnenlicht spiegelnde Glas der Kommandobrücke. Unter großen Schmerzen humpelte ich zu ihnen zurück.

In das Gefühl des körperlichen Schmerzes meiner Wunden mischte sich eine weitere unangenehme Empfindung. Irgendetwas hatte sich seit unserer Ankunft auf dem Schiff verändert. Aber was? Angst und Neugierde vermögen Schmerz zu dämpfen. Gut! Doch so sehr wir uns auch umsahen und unsere Blicke auf alle möglichen Details des fremden Schiffes lenkten, vermochten wir ihm doch nicht den Schleier des Rätselhaften zu entreißen. Die Liegestühle standen immer noch so da, als erwarteten sie jeden Augenblick sonnenhungrige Urlauber. Aber nirgendwo war ein Anzeichen für die Anwesenheit von Menschen zu erkennen. Jedem von uns war die Anspannung anzusehen. Niedergeschlagen suchten unsere Blicke nach Anhaltspunkten für menschliches Leben, kamen jedoch zu keinem Ergebnis.

Der dunkelhäutige Begleiter von Jan stützte sich auf die weiße Reling und blickte aufs Meer hinaus. Ob er an seine heiße Ware dachte, die mit unserer Jacht untergegangen war? Um welche Ware hatte es sich wohl gehandelt? Rauschgift? Unwahrscheinlich, dass es sich lohnte, Rauschgift von Nordafrika auf die Kapverdischen Inseln zu schmuggeln. Was sonst? Schmuck? Auch ich ließ während meiner Überlegungen den Blick über die grenzenlose, blaue Wasserfläche schweifen und betrachtete gedankenverloren ihre weißgekrönten Wellen. Das beruhigte mich. Zugleich spürte ich, dass hier die Antwort auf eine meiner Fragen lag. Ja doch! Etwas hatte sich verändert. Ich sah mir die Wellen genauer an, schüttelte ungläubig den Kopf und plötzlich wurde mir klar, dass das Schiff Fahrt aufgenommen hatte. Der dunkelhäutige Mann neben mir musste dasselbe gedacht haben, denn plötzlich drehte er sich um, packte den über irgendetwas schimpfenden Jan und wies unter unverständlichem Gebrüll mit seiner braunen Hand auf das Meer hinaus. Es schien gerade so, als ob irgendjemand oder irgendetwas nur darauf gewartet hätte, bis wir an

Bord waren, um dann loszufahren. Doch wer war dieser Irgendjemand? Warum verbarg er sich vor uns?

Wir einigten uns darauf, nach der Besatzung dieses unheimlichen Schiffes zu suchen. Um auf schnellstem Wege möglichst viel über den sonderbaren, verlassen wirkenden Stahlkoloss zu erfahren, ging jeder alleine auf Erkundungstour über das weite, von der Tropensonne aufgeheizte Deck. Ich blieb als einziger zurück. Meine Verletzungen hätten das Gehen, Klettern und Bücken zu einer Qual gemacht. So setzte ich mich auf einen der bereitstehenden Liegestühle und untersuchte meine Beulen und Wunden, während sich die anderen auf die Suche nach Menschen begaben. Noch aus der Ferne hörte ich ihre Rufe, die von den Aufbauten des riesigen Schiffes widerhallten, aber keine Antwort erhielten.

Um mich herum war es still geworden. Die unsichtbare Maschine im Innern des Schiffes schob uns leise und stetig über das riesige blaue Tuch des Ozeans. Vor mir breitete sich das gelbgestrichene, geriffelte Deck aus. Auch hier prangten diese sonderbaren Zeichen oder Symbole, die mir schon am Bug während unseres Kletterns auf der Strickleiter aufgefallen waren. Überall konnte man sie erblicken. An alte, südamerikanische Mayainschriften erinnernd grüßten sie von allen Aufbauten und Masten. Sogar an den Liegestühlen konnte man sie „en miniature" entdecken. Und noch etwas fiel mir beim Betrachten des Decks auf. An manchen Stellen erschien die gelbe Farbe wie weggeschmirgelt. Deutlich war die graue Grundierung zu erkennen, so als hätten sich die sonderbaren Gäste dieses Schiffes immer nur an ganz bestimmten Stellen des Decks aufgehalten. Die blank gescheuerten Flächen waren durch spinnennetzartige Wege miteinander verbunden.

Langsam humpelte ich zum Heck. Die Wunden an meinen Beinen hatten aufgehört zu bluten. Da die heiße Tropensonne alle Wölkchen weggeschmolzen hatte und nun auch mir erbarmungslos auf den zerschundenen Körper brannte, setzte ich mich im Schatten eines Vordachs auf eine Bank. Tief unter mir mussten sich die Motoren des Schiffes befinden, denn die Bank vibrierte. Doch sonst gab hier nur Stille und das ferne Rauschen des Meeres.

Rechts neben mir bewegte sich ein Schatten. Es war Moni. Sie hatte ihren Rundgang abgeschlossen, setzte sich zu mir auf die Bank und rieb ihre schwitzenden Hände an ihrer Hose.

„Hast du dich schwer verletzt?"

Ich schüttelte den Kopf „Nicht der Rede wert!"

In den Schnittwunden an meinen Beinen pocherte es. Glorreicher Urlaub! Eigentlich besaßen wir jetzt alles, was wir uns vor ein paar Wochen herbeigesehnt hatten: Sonne, Meer und Ruhe. Ronco kam an, barfuss und so leise, dass wir erschraken, als er sich zu uns setzte. Entdeckt hatte er nichts.

„Wisst ihr eigentlich", brummte er während er seine Schuhe wieder anzog, „dass dieser Apparat – er meinte damit das Schiff, auf dem wir uns befanden – schnurstracks in Richtung Südpol fährt?"

„Woher willst du das wissen?"

Als ob mein Freund auf diese Frage gewartet hätte, streckte er mir seine Hand entgegen, in der er einen kleinen Kompass hielt.

„Süden", ich überlegte, „aber da liegt doch gar kein Hafen, keine menschliche Siedlung, nur einige kleine unbewohnte Inseln!"

Ronco lächelte. „Die werden den Kurs sicher noch ändern. Es soll ja Schiffe geben, die man steuern kann!"

Ich nickte. Wie sehr wir uns in diesen Stunden von unserer Hoffnung täuschen ließen, wurde mir erst Wochen später klar. Also blieben wir auf der Bank sitzen und warteten, warteten, warteten, müde und erschöpft von den Strapazen der letzten Tage, träge, fast schon wie ein Teil des Schiffes. Später gesellte sich Willi zu uns und dann schließlich auch unsere Kidnapper und Gangster. Auch sie setzten sich, blieben sitzen und saßen, saßen ... Der Schmerz in meinen Wunden verhinderte, dass auch ich vom sanften Vibrieren der Bank eingelullt wurde, ließ mich immer wieder andere Stellungen einnehmen. Meine Begleiter bemerkten es nicht. Mit gleichgültigem Gesicht blickten sie in die Ferne, zum Himmel oder fixierten einen der zahlreichen weißen Masten des Schiffes. Eine herrliche Urlaubsbeschäftigung. Langeweile pur!

Mit dem Einbruch der Dunkelheit verstärkte sich der Schmerz an meinem Kopf. Die Wunde eiterte. Vorsichtig stand ich von meinem Sitzplatz auf. Anfangs fühlten sich meine Gliedmaßen wie eingerostet an, fast taub. Um mich herum breitete sich Finsternis aus. In einiger Entfernung ragten die Schiffsaufbauten wie die Gipfel eines riesigen Gebirges aus Stahl in den Sternenhimmel. Die Luft wurde kühler. Endlich! Zu hören war nur das leise, monotone Brummen der Schiffsmotoren und das regelmäßige Atmen meiner Begleiter. Schliefen sie? Ich humpelte ein Stückchen in Richtung Swimmingpool. Zu sehen war nicht viel in der Dunkelheit. Erst am Spiegelbild des Sternenhimmels auf der Wasseroberfläche erkannte ich das Schwimmbecken. Ich kniete mich neben dem Rand nieder, hielt die rechte Hand in die Flüssigkeit, roch daran und kostete. Süßwasser und Öl! Woher kam diese Ölschicht auf der Wasseroberfläche? Behutsam begann ich meine Wunden zu reinigen. Mein Schicksal, meine Laune, meine Gesundheit, alles hatte sich seit unserer Abfahrt aus Nizza immer mehr zu einem Alptraum entwickelt. Wieso hatte keiner meiner Begleiter über das Ergebnis seiner Nachforschungen erzählt?

Erleichtert und mit versorgten Wunden verließ ich den Beckenrand und humpelte zurück zu den anderen, die noch immer wie hypnotisiert an Ort und Stelle saßen. Ihr regelmäßiges Atmen, das monotone Rauschen der Wellen tief unter uns und das leise Brummen der Schiffsmotoren waren die einzigen Geräusche dieser herrlichen Tropennacht. Viel konnte ich im Licht der Sterne nicht erkennen. Doch mir war, als blickten meine Begleiter mit glänzenden Augen bewegungslos in die Ferne. Diese Szene erschien mir derart unheimlich, dass mir ein kalter Schauer über den Rücken lief. Ich setzte mich wieder zu ihnen. Mit der Zeit legte sich auch auf meine Seele eine sonderbare Mischung aus Ruhe, Zufriedenheit und Lähmung. Ich kämpfte noch kurz dagegen an und schlief dann irgendwann nach Mitternacht ein.

IV

Kinderlachen. Ich erschrak, öffnete die Augen und blickte mich erstaunt um. Überall auf Deck wimmelte es vor Leben. Pärchen spazierten in der milden Luft des sonnigen Tropenmorgens. Hier und da standen Grüppchen älterer Leute und unterhielten sich. Alle Menschen an Bord waren tadellos gekleidet. In einiger Entfernung von unserer Bank saßen Jugendliche an der Reling, winkten aufs Meer hinaus und riefen etwas in einer mir fremden Sprache. Auch oben, hinter den getönten Glasscheiben des Oberdecks bewegte es sich. Von den Liegestühlen waren nur noch wenige unbesetzt. Ein blauweiß gekleideter Kellner stolzierte umher, bot den Menschen an Deck Gläser mit einer gelben Flüssigkeit an, näherte sich unserer Bank und ging vorbei ohne uns zu beachten. Ronco rieb sich die Augen. Vor Verblüffung war zunächst keiner von uns in der Lage, auch nur ein Wort zu sagen. Inzwischen hatte sich die winkende Menschentraube an der Reling vergrößert. Unter fast unerträglichen Schmerzen stand ich auf, sah nebenbei, dass es ein vorbeifahrendes Schiff war, dem die Aufmerksamkeit der Passagiere galt, schleppte mich zu einem der emsig beschäftigten Kellner und zeigte mit der Hand auf meinen Kopf und meine Beine: „Wo ist hier ein Arzt? ... Doktor?" Der Mann in der Kellneruniform beachtete mich nicht. Ich hielt ihn am Ärmel fest und zog daran. Doch auch das nützte nichts. Nachdem der Kellner ein leeres Glas auf sein Tablett gestellt hatte, drehte er sich mit einer derartigen Wucht um, dass ich mehrere Meter zur Seite geschleudert wurde. Als ich wieder zu mir kam, war er verschwunden. Ich befand mich inmitten eines bunten Urlaubstreibens auf einem Kreuzfahrtschiff und niemand beachtete mich. Man ging an mir vorbei, ohne die geringsten Anstalten zu machen, mir zu helfen. Mühsam stand ich wieder auf, tastete vorsichtig meinen Körper ab, stellte fest, dass mir das rohe Benehmen des Kellners keine neuen Verletzungen zugefügt hatte und schleppte mich zurück zur Bank, wo die anderen immer noch mit offenem Mund saßen.

Ich hatte noch nicht richtig Platz genommen, als etwas geschah, das mir erneut Schauer des Entsetzens den Rücken hinabjagte. Plötzlich wurde es still. Von den Passagieren war kein Laut mehr zu hören. Ihre Bewegungen aber liefen weiter, in einer gespenstigen Lautlosigkeit, zu der sich nur das leise Brummen der Schiffsmotoren gesellte und das Wellenrauschen des Ozeans. In geisterhafter Stille winkte die Gruppe an der Reling, spielten die Kinder, bedienten die Kellner. Dann wurden ihre Bewegungen langsamer, bis sich schließlich nichts mehr rührte. Wie eine Momentaufnahme standen sie alle da, in ihren Smokings und Matrosenanzügen. Nach einer kurzen Zeit des Wartens bewegten sie sich wieder, sammelten sich zu größeren Gruppen in der Mitte des Decks und begannen rückwärts in Richtung der Türen an den Deckaufbauten zu gehen. Sie verhielten sich dabei wie eine Ballettgruppe bei einer perfekt eingeübten Vorstellung, oder wie dressierte Tiere. An den Türen wurde nicht gedrängelt. Jeder wartete, bis er an die Reihe kam, um dann mit dem Rücken zuerst im finsteren Innern des Schiffes zu verschwinden. Ich kann schwerlich sagen, wie sich meine Freunde oder Jan und sein Begleiter bei dieser gespenstischen Szene gefühlt haben.

Aber auch aus ihren Gesichtern sprach Angst und Ratlosigkeit. Moni begann leise zu weinen. Dabei hatte uns niemand auch nur ein Haar gekrümmt – abgesehen von meiner Begegnung mit dem Kellner. Aber gerade das völlige Ignorieren unserer Existenz steigerte unsere Unsicherheit, ließ uns in Gedanken alle möglichen alten Geschichten von Geisterschiffen hervorkramen, die wir als Kinder gehört oder gelesen hatten. Jan hielt die ganze Zeit seine rechte Hand in der Hosentasche verborgen, wahrscheinlich fest am Griff seiner Pistole. Willi starrte blass und fragend immer noch in Richtung der Türen.

Wie zähes Öl sickerten Gedanken durch meinen Kopf, erhellten mal diesen, mal jenen Aspekt des gerade Erlebten. Was wollten diese Leute von uns? Anscheinend nichts. Man nahm uns nicht einmal zur Kenntnis. Was war daran schon furchterregend, wenn niemand mit uns reden wollte. Wie viele Menschen leben nebeneinander her, kennen sich kaum, ignorieren sich! Und doch fühlte ich mich verzweifelt, hoffnungslos.

Es dauerte ziemlich lange, bis wir uns endlich zu gemeinsamem Handeln entschließen konnten. Der Hunger trieb uns dazu. Zusammen gingen wir los, um, egal mit welchen Mitteln, in das Innere des Schiffes zu gelangen. Irgendwie würde man dann schon auf uns aufmerksam werden. Zumindest aber würden wir so an etwas Essbares gelangen. Ronco hatte von einem Liegestuhl eine schwere Metallstange heruntergeschraubt und wunderte sich, wie stabil diese Liegestühle gebaut waren. Die Eisenstange hielt er drohend in der Hand. Jan und sein Begleiter trugen ihre Pistolen schussbereit.

Die unteren Türen der Deckaufbauten gaben weder auf sanften Druck, noch auf Gewalt nach. Doch die Türen weiter oben waren aus Glas. Hier wollten wir nicht nur anklopfen! Bald standen wir auf der Plattform vor den spiegelnden Flächen. Links neben uns führte eine schmale Metalltreppe zum Deck hinab. Daneben befand sich ein roter Kasten, der entfernt an einen Feuerlöscher erinnerte.

Willi schlug mit der flachen Hand gegen das getönte Glas und brüllte: „Da ist jemand drin".

Tatsächlich. Hielt man das Gesicht nahe genug an die Glasscheibe, so sah man im Inneren des Raumes vor Schaltpulten mit unzähligen farbig blinkenden Lämpchen und Knöpfen einige Personen stehen. Sie rührten sich nicht, nahmen keine Notiz von uns. Ronco klopfte mit seiner Eisenstange an die Glastür. Zuerst zaghaft, schüchtern, dann immer lauter. Schließlich schlug er so fest dagegen, dass es die Personen auf der anderen Seite der Scheibe hören mussten. Doch immer noch rührte sich nichts. Die Männer in den blauen Matrosenanzügen blieben stur an ihren Plätzen stehen. Da verlor mein Freund die Nerven und schlug in einem Anfall verzweifelter Wut mit seiner Metallstange wiederholt auf die Glasscheibe ein, bis sie mit einem lauten Knall zerplatzte. Muffige, nach Öl riechende Luft schlug uns entgegen. Von den Anwesenden rührte sich immer noch keiner.

Nachdem wir wieder neuen Mut geschöpft hatten, betraten wir einer nach dem anderen durch die zerborstene Tür den Raum. Wahrscheinlich handelte es sich um eine Art Kommandozentrale. Ich näherte mich einem der uniformierten Männer, stellte mich vor ihn und hob die Arme in die Luft um deutlich zu machen, dass wir in friedlicher Absicht gekommen waren. Doch wie schon am Vormittag der Kellner, so nahm auch dieser Mann keinerlei Notiz von mir. Auch meine Begleiter versuchten es mit einer Kontaktaufnahme, freilich jeder auf seine Weise. Jan brüllte bereits wie ein Wilder einen stumm dasitzenden älteren Herrn an. Als das nichts nutzte, schlug er ihm mit dem Knauf seiner Pistole ins Gesicht. Doch auch das führte zu keiner Reaktion. Und dann ließ sich Jan zum größten Fehler seines Lebens hinreißen. Er packte den Stuhl, auf dem der Mann saß, und warf ihn um. Der stumm dasitzende Mann kippte nach vorne, schlug mit dem Gesicht auf dem Fußboden auf und zerbrach wie ein Tonkrug in unzählige Scherben. Für einen Augenblick waren wir von dem unerwartet lauten Klirren und Poltern wie gelähmt. Wie hypnotisiert starrten wir auf die am Boden verstreuten Trümmer, die an den Bruchstellen grünlich leuchteten. Aus manchen floss träge eine gelbe durchsichtige Flüssigkeit. Für Moni war das zuviel. Kreischend verließ sie den Raum und rannte die Metalltreppe hinunter. Auch ich verspürte keine Lust mehr, mir die grauenerregende Szene weiter anzusehen und folgte ihrem rotblonden Haarschopf.

Als wir beide wieder unten auf der Bank saßen, versuchte ich mir verzweifelt darüber klar zu werden, was das Ganze zu bedeuten hatte. Die anderen hielten sich immer noch oben in der Kommandozentrale auf.

Ich nahm Moni in den Arm und strich über ihren rotblonden Kopf. „Moni, he, was soll das alles? Wachen wir vielleicht bald auf und stellen fest, dass wir alles nur geträumt haben?"

„Wir träumen nicht. Dieses verhexte Schiff ist brutale Wirklichkeit. Ich glaube, wir sollten so schnell wie möglich von hier verschwinden. Siehst du irgendwo Rettungsboote?"

Ich erhob mich von meinem Sitzplatz, sah mich um und nickte. „Fragt sich nur, wie wir sie seeklar bekommen. Warten wir lieber auf unsere Freunde."

Dann saßen wir wieder stumm nebeneinander, wie schon am Vortage. Ich hatte das Gefühl, als wäre ich mit Moni bereits tausend Mal so dagesessen, das lange, vom Wind zerzauste rotblonde Haar auf meiner Schulter. Und immer wieder stellten sich mir Fragen, die ich nicht beantworten konnte: „Wenn dieses Schiff nach Süden fährt, muss es doch jemand steuern. Aber was, wenn dieser Jemand kein Mensch ist, sondern eine Maschine? Eine Maschine, die wie ein Mensch aussieht und sich wie ein Mensch verhält! Wem soll so etwas nutzen? Automaten haben nicht die Gestalt von Menschen. Und wenn sie doch so wie Menschen aussehen, dann wurden sie von Menschen für Menschen gebaut. Aber wer hat so eine Maschine gebaut? Wer konnte Interesse daran haben, ein Schiff auf das Meer hinaus zu schicken, auf dem Maschinen für Maschinen arbeiten, und auf dem Maschinen sich vergnügen? Wer hat uns aufs Meer geschickt?"

Plötzlich war das lange, rotblonde Haar nicht mehr neben mir, sondern vor meinem Gesicht.

„Nimm mich wieder in den Arm! Halt mich! Es ist so kalt hier."

Ich tat was sie wollte, tat es gerne, half ihr in dieser Stunde der Not, versuchte mit der Wärme meines Herzens die Umgebung aufzutauen, bis von oben metallene Schritte erklangen. Unsere Freunde? Ja. Auch Jan gehörte jetzt dazu! Moni ließ mich los und rannte auf Willi zu.

„Wir müssen von hier verschwinden, hörst du, die Rettungsboote..."

Ronco, der anscheinend seine alte Selbstsicherheit zurückgewonnen hatte, gab ihr einen Klaps auf den Hintern.

„Wir haben alles im Griff, Süße. Auf dem ganzen Schiff gibt es anscheinend nur Puppen."

„Puppen ...?"

„Ja, Automaten. Sie können uns nichts anhaben. Sie bemerken nicht einmal, dass wir da sind!" Er rieb sich die Hände. „So jetzt werden wir hier erst einmal ein bisschen aufräumen und dann dampfen wir ab nach Hause. Jan kennt sich schließlich aus mit Schiffen."

Der bärtige Maschinist grinste so breit, dass man seine gelben Zahnbeläge sehen konnte und klopfte Ronco auf die Schulter:

„Klar alter Freund, alles in Butter."

Da erklang von Backbord ein Schuss. Dann ein Schrei. In etwa dreißig Meter Entfernung stand eine der blauweiß uniformierten Puppen und hielt Jans Begleiter wie einen Strohsack unter dem Arm. Und so sehr dieser auch um sich schlug und schrie, sie gab ihn nicht mehr frei. Die Puppe blickte in unsere Richtung, setzte sich in Bewegung, kam näher. Der Mann unter ihrem Arm hatte zu schreien aufgehört, aus seinem Mund tropfte Blut. Und plötzlich standen sie überall, die Matrosen und Kellner, die Kinder, die Männer und Frauen, und fixierten uns mit ihren kalten gläsernen Augen und staksten mit steifen Schritten näher. Der Schreck saß uns in allen Gliedern. Als erster gewann Jan seine Fassung wieder. Wie ein Wilder rannte er auf den Matrosen zu, der seinen Begleiter hielt, und schoss ihm einige Male ins Gesicht. Ohne Erfolg. Dann wollte er den Mann umwerfen. Doch noch bevor einer von uns ihn warnen konnte, wurde Jan von einer anderen Puppe von

hinten gepackt, über die Schultern geworfen und fortge-
tragen. Weder Schreie, noch Schüsse halfen. Bald verschwanden beide in den nun offen stehenden Türen zum
Schiffsinneren.

Die Puppen waren uns inzwischen bedrohlich nahe
gekommen. Ihre Bewegungen verliefen steif und
ruckartig. Willi verlor offensichtlich die Nerven. Unter
lautem Geschrei rannte er nach Backbord in Richtung
der großen Aufbauten und versuchte den sonderbaren
Wesen zu entkommen. Doch vergebens. Erstaunlich,
wie schnell diese Automaten sein konnten! Unser
Freund wurde gefangen und abtransportiert. Ich sah ihn
nie wieder. Jeder von uns dreien, die wir übrig
geblieben waren, erkannte die Sinnlosigkeit des
ungleichen Kampfes. Wenn nicht einmal Jans Pistole
geholfen hatte, was sollte dann helfen? Ronco, der die
ganze Zeit schweigend neben mir gestanden war, ging
auf einen blau uniformierten Matrosen zu, hob die Arme
über seinen Kopf und sagte laut: „Ich ergebe mich." Nie
werde ich vergessen, was dann geschah, wie sich
langsam die Greifarme des Wesens mit den
unmenschlichen Augen um Roncos Brustkorb legten,
brutal zudrückten, so dass mein Freund nur noch
röcheln konnte und ihn dann dahin zerrten, wo schon
unsere anderen Begleiter verschwunden waren. Moni
liefen Tränen über die Wangen.

In diesem Alptraum reizten die scharrenden Geräusche der Puppenfüße auf dem Boden des Decks und das
überall zu hörende Surren und Klicken meine Nerven
bis zum Zerreißen. Ich musste handeln, sonst war es
auch mit mir aus! Mit leicht angewinkelten Armen und
unnatürlich abgehackten Bewegungen begann ich herumzugehen, so wie ich es bei den Puppen gesehen hat-

te. Vor einer männlichen Puppe in der Uniform eines Offiziers blieb ich stehen und hob ruckartig und steif die Hand zum Gruß. Das Unglaubliche geschah. Er grüßte auch. Dann ging ich langsam weiter, mit steifen Schritten, durch die Menge der an Deck herumstehenden Puppen hindurch. Niemand hielt mich auf, niemand wollte etwas von mir. Ich war einer von ihnen geworden. Man hatte mich akzeptiert. Ich war eine Puppe! Aus den Augenwinkeln konnte ich erkennen, wie auch Moni begann, steif und ruckartig umherzugehen.

Gerade als ich zur Reling gehen wollte, um mich hinter einem Rettungsboot zu verstecken, kam eine weibliche Puppe mit langen blonden Haaren auf mich zu und nahm mich bei der Hand, so als wollte sie, dass ich sie begleite. „Nur nichts anmerken lassen", dachte ich. „Bloß nicht auffallen!" Und so schritt ich neben ihr her, auf die große Tür zu, die ins Schiffsinnere führte. Bevor wir die Treppe in den dunklen Innenraum erreicht hatten, drehte sie mir ihren Kopf zu, sah mich mit ihren himmelblauen Glasaugen an, lächelte und nahm meine rechte Hand, um sie um ihre Taille zu legen. Was sollte ich machen! Ich lächelte zurück, ließ meine Hand da, wo sie sie hingelegt hatte und schritt mit ihr die Stufen hinab, hinein in den Bauch des unheimlichen Stahlriesen.

Dumpfes Surren erfüllte die stickige, nach Öl riechende Luft. Als sich meine Augen an die Dunkelheit gewöhnt hatten, stellte ich zu meiner Überraschung fest, dass wir uns auf einem blitzblank sauberen Korridor befanden, den kleine, bläulich schimmernde Bullaugen aus getöntem Glas in ein mattes Licht tauchten. Am Ende des Korridors führte eine weitere Treppe noch tiefer in den Bauch des Schiffes hinein. Direkt neben der Treppe lag die Tür zur Kabine meiner Puppe.

Kurz darauf saß ich bereits an einem Tisch, während sie in einer Art Kochnische herumhantierte. Hin und wieder hob sie einen Teekessel hoch, eine Tasse, ein Glas und lächelte. Ich nickte und merkte bald, dass sie Tee kochen wollte. Etwas Besseres konnte mir in meiner Lage gar nicht widerfahren, denn ich hatte sehr großen Durst. Die Vorkommnisse der letzten Stunden hatten mich meine leiblichen Bedürfnisse vergessen lassen, doch jetzt meldete sich mein Magen wieder. Auch die zahlreichen Wunden erhoben erneut Anspruch auf Gehör.

Der Tee war fertig. Schön braungelb, so wie Tee sein soll, floss er aus der Kanne in die Tassen. Zucker oder Zitrone kannte man hier anscheinend nicht. Die Puppe setzte sich mir gegenüber auf einen dreibeinigen Hocker, schlug die Beine übereinander, so dass ihr dunkelroter Kunstlederrock bedrohlich weit nach oben rutschte und einen herrlich geformten Oberschenkel entblößte, nahm ihre Tasse in die rechte Hand und lächelte mich an. Auch ich hob nun meine Tasse, freute mich auf das Getränk, nahm einen Schluck und spuckte ihn im selben Moment wieder aus. Öl! Das war kein Tee, sondern Öl!

Hungrig, durstig und hundemüde spielte ich weiter Puppe. Stundenlang übte ich mich im Teetrinken und Lächeln. Verschwand mein hübsches Gegenüber einmal kurz in den Nebenräumen der Kabinenwohnung, goss ich den Inhalt meiner Tasse in den Abguss. Die Folge war, dass sie meine Tasse von neuem füllte. Sicher war sie der Meinung, mich köstlich bewirtet zu haben. Und anscheinend wollte sie es nicht beim Teetrinken belassen, denn die hübsche blonde Puppe in dem roten

Kunstlederrock erhob sich von ihrem dreibeinigen Hocker, kniete vor mir nieder, zog mich zu sich hinab und legte ihre Arme um meine Schultern. Ich musste weiterspielen, durfte sie nicht enttäuschen. So berührte ich vorsichtig ihre Hüften. Gut gebaut war sie ja. Ihr Konstrukteur verstand etwas von weiblichen Formen. Ihr Körper fühlte sich herrlich an. Ihr Gesicht befand sich nun direkt vor meinem. Die tiefroten Kunststofflippen öffneten sich. Die Farbe ihrer Augen wechselte von blau zu violett. Was war wohl mit der Moni geschehen? Wo befand sie sich jetzt? Lebte sie noch? Die roten Lippen kamen immer näher.

„Ich muss weiterspielen. Sonst werde ich Moni nie wiedersehen. Moni, ...“

Die Kunststoffnasenspitze berührte meine Wange. Ich drehte den Kopf zur Seite. Jetzt war die schöne blonde Puppe sicher enttäuscht, wusste vielleicht sogar, dass ich nicht hierher gehörte.

„Ich muss mich besser anpassen!“

Vorsichtig, geradezu zärtlich nahm sie meinen Kopf zwischen ihre Kunststoffhände und drehte ihn wieder zu sich. Violette Augen lächelten mich freundlich an. Sie war mir nicht böse.

„Ich habe noch viel zu lernen“, dachte ich mir.

Dann schob sie mich behutsam vor sich her in ein Zimmer, in dem ein großes, bronzefarbenes Metallbett mit schwarzen Laken aus Seide stand. Es war das Schlafzimmer meiner Puppe, ein Ort, an dem ich noch viele Nächte verbringen sollte. Was sie von mir wollte, war nicht schwer zu erraten und ich musste mitmachen, um keinen Verdacht zu erregen. Menschen können ja so viel tun, nur um den Schein zu wahren!

Nach zwei gefährlichen, zugleich wundervollen und schließlich doch erfüllenden Stunden voller Puppenzärtlichkeit war meine hübsche Kunststoffpartnerin eingeschlafen. Vorsichtig befreite ich mich aus ihrer Umarmung, brachte mein Äußeres in Ordnung und schlich mich aus der Kajüte. Meine einzigen Wünsche hießen Trinken, Essen und Schlafen. Den Weg nach oben hatte ich mir gemerkt, und so bereitete es mir keine Schwierigkeiten, bis an die Tür zu gelangen, die ins Freie führte. Mein Hunger war derart durchdringend, dass ich den Geschmack der Ölsardinen, die ich in der Nähe des Schwimmbeckens versteckt hatte, bereits auf meiner Zunge spüren konnte. Die Tür zum Deck ließ sich problemlos öffnen.

Draußen erwartete mich tiefe Nacht voll milder Tropenluft, beruhigendem Meeresrauschen und einem Himmel voll funkelnder Sterne. „Die Welt ist schön. Alles ist in Ordnung. Jetzt erst einmal essen!" Der Swimmingpool war schnell gefunden und auch dieses sonderbare Gebilde, unter dem ich meine Fischdosen versteckt hatte, stand noch an seinem Platz. Ich bückte mich und tastete zitternd nach der Stelle, an der ich die Konserven vermutete. Tatsächlich, sie lagen noch da. Gierig zog ich sie aus dem Versteck. Alle! Ich wollte sie alle essen! Zuerst aber einen Schluck Wasser aus dem Schwimmbecken. Es schmeckte nach Öl und irgendwie nach den Küssen meiner hübschen Puppe. Nur zwei der Dosen ließen sich an Ort und Stelle öffnen. Für die anderen beiden hätte ich einen Spezialöffner benötigt.

Ölsardinen können sehr schnell sättigen, vor allem, wenn man gezwungen ist, sie ohne Brot zu essen. Und Brot, dessen war ich mir inzwischen sicher, gab es auf diesem Schiff keines. Bestimmt nahmen die Puppen außer Öl nur noch andere Schmierstoffe und vielleicht Kühlwasser zu sich.

Nachdem mein Magen halbwegs zufriedengestellt war, klopfte der Schlaf an die Pforten meines Bewusstseins. Zuerst höflich, die Umgebung vernebelnd, dann stärker. Unnachgiebig engte er mein Bewusstsein bis auf jenen Punkt ein, von dem aus man schnurstracks zum Tiefschlaf gelangt.

Tropenmorgen. Ich liebe die Tropenmorgen! Wie am Vortag herrschte auf dem Schiffsdeck lebendiges Treiben. Und mittendrin lag ich, verschlafen und mit zwei leeren Ölsardinendosen zu meinen Füßen. Ich stand auf, warf die leeren Dosen über Bord, steckte die vollen in meine Hosentaschen und verließ staksend mein Nachtquartier. Die Wunden an meinen Beinen schmerzten immer noch. Je weiter ich nach Backbord kam, umso ruhiger wurde es, bis ich schließlich eine Stelle zwischen hoch aufgestapelten Kisten erreichte, wo ich mich ungestört hinsetzen und nachdenken konnte. Zu aller erst musste ich gesund bleiben. Kranke hatten in einer derartig lebensfeindlichen Umgebung keine Chance. Also, die Wunden pflegen und fest an mich glauben. Denn wenn mir hier jemand helfen konnte, dann nur ich selbst. Und meine Puppe? Kann eine Puppe einem Menschen helfen, wenn sie nicht einmal seine Sprache spricht? Für einige Stunden zärtlicher Liebe jedenfalls hatte es gereicht.

Das Geräusch sich nähernder Schritte riss mich aus meinen Gedanken. Ich sprang von meinem Sitzplatz auf, lief tiefer in einen Gang zwischen aufgestapelten Kisten hinein, versteckte mich hinter einer und betrachtete von da aus die Stelle, an der ich zuvor gesessen war.

Es dauerte nicht lange, und eine männliche Puppe in einem blauen Matrosenanzug erschien. In der Hand hielt sie eine gelbbraune Rolle, die an ein Nudelholz erinnerte. Die Puppe kam näher, blieb stehen, tastete mit ihren Händen die Oberflächen der Kisten ab und schlug mit der Rolle einige Male dagegen. Dann klebte sie ein kleines, schwarzes Plättchen auf eine der Kisten und befestigte daran einen dünnen, schwarzen Faden, der aus der gelbbraunen Rolle heraustrat. Ich wagte kaum zu atmen. Die Puppe vor mir arbeitete mit mechanischer Präzision. Sie zog den schwarzen Faden von Kiste zu Kiste, hin und her, so dass schließlich am Zugang zu meinem Versteck ein netzartiges Geflecht entstand. Was war der Zweck dieser Handlung? Hatte man mich entdeckt? Wollten man vielleicht auf diese Weise meine Flucht verhindern? Dazu wäre aber kein derartiger Aufwand nötig gewesen. Sicher würde es den Puppen nicht schwer fallen, mich ebenso brutal gefangen zu nehmen wie am Vortage meine Begleiter. Als die Puppe den Eingang zu meiner Kistenburg zugesponnen hatte, fuhr sie noch einige Male mit dem nudelholzähnlichen Gerät über die glatten Kistenoberflächen und entfernte sich dann mit gleichförmigen, monoton klappernden Schritten.

Erst nach längerem Warten wagte ich mich wieder aus meinem Versteck hervor. Was bezweckte die Puppe mit den schwarzen Fäden? Vorsichtig berührte ich einen mit dem Zeigefinger. Er war nicht zu tasten, aber es schmerzte und plötzlich floss aus meinem Finger Blut. Ich hatte mich geschnitten. Fäden, so scharf wie Rasierklingen? Ich zog ein Papiertaschentuch aus meiner Hosentasche und legte es oben auf das Gespinst. Etwas Unglaubliches geschah. Das Tuch fiel durch die Fäden hindurch und wurde dabei in immer kleinere Stücke zerschnitten, bis es am Boden als Konfetti ankam. Todesfäden! Die feinen, schwarzen Fasern waren kaum zu sehen. Pech für den, der nachts in eine solche Falle geriet!

Ich wischte mir mit der Hand den Schweiß von der Stirn. An dieser Stelle konnte ich den Gang zwischen den Kistenstapeln nicht mehr verlassen. Aber die Kistenburg hatte sicher mehrere Eingänge. Ich kehrte um, ging tiefer in den Stapel hinein und nahm den ersten Abzweig rechts, immer auf eventuell vorhandene schwarze Fäden achtend. Die Sonne stand beinahe senkrecht und brannte mit voller Kraft in die schmalen Gänge zwischen den Kisten. Tatsächlich führte der nächste Gang wieder ins Freie. Hier hatte man noch keine Todesfäden angebracht. Ich blickte mich um, und da keine der Puppen zu sehen war, verließ ich mein Versteck, ging zur Reling und setzte mich dort auf das sonnenwarme Deck.

Das Schiff hatte volle Fahrt aufgenommen. Die Wellen schossen nur so vorbei. Wenn Ronco recht hatte, und wir wirklich in Richtung Südpol fuhren, mussten wir den Äquator bereits überquert haben. Unter mir im vorbeiziehenden Wasser schwammen große Büschel grüner Algen.

Ein Geräusch hinter mir riss mich aus meinen Gedanken. In zehn Meter Entfernung öffnete sich eine Tür und heraus kam wieder die Puppe in dem blauen Matrosenanzug und der nudelholzähnlichen Rolle in den Händen. Schnurstracks, ohne sich umzublicken, schritt sie zu dem Ausgang der Kistenburg, durch den ich mein Versteck gerade verlassen hatte, und begann auch hier ihre Fäden zu spinnen.

„Nur nicht bewegen" dachte ich mir, „vielleicht sieht dich der Automat nicht!" Genau diesen Rat hatte mir mein Vater, ein Hobbyimker, immer dann gegeben, wenn wir von zornigen Bienen umsurrt wurden. „Wenn du dich nicht bewegst", pflegte er zu sagen, „dann stechen dich die Bienen nicht, weil sie dich nicht als lebendes Wesen wahrnehmen. Solange du dich nicht rührst, bist du für sie kein Eindringling, sondern einfach nur ein Teil der Umgebung."

Offensichtlich galten diese Weisheiten auch für den Umgang mit Puppen, denn der in gleichmäßiger Präzision seine Fäden spinnende Automat nahm nicht die geringste Notiz von mir. Nachdem er sein Gespinst aus Todesfäden fertig hatte, verschwand er wieder durch die Tür im Innern des Schiffes.

Erleichtert setzte ich mich neben der Reling auf die gelb gestrichene Metallfläche des Decks. Endlich alleine! Der Schnitt in meinem Zeigefinger hatte zu bluten aufgehört. Alle übrigen Wunden schmerzten zwar noch, heilten aber bereits. Meine körperliche Leistungsfähigkeit würde bald wieder völlig hergestellt sein.

Der Fahrtwind des rasch über das Blau des Ozeans dahin gleitenden Schiffes fühlte sich merklich kühler an als noch vor wenigen Tagen. Trotz Sonne fror mich in meinem kurzärmligen Hemd und der zerschlissenen Hose. Ich musste zurück ins Innere des Schiffes, um mir wärmere Kleidungsstücke zu besorgen. In der Wohnung meiner blonden Liebespuppe hatte ich am Vorabend einige Kleidungsstücke aus Kunststoff gesehen, die sich sicherlich auf meine Größe umarbeiten ließen. Doch die Kabine meiner blonden Puppe lag auf der anderen Seite des Schiffes. Ich musste an den Kisten vorbei. Die schwarzen Fäden schnitten mir den Rückweg ab.

Das Deck hinter mir war vollkommen leer. Die hohen Metallwände mit den vielen Türen und Fenstern sahen bedrohlich aus. Sicher lauerten auch da wieder Gefahren! Als bester Rückweg erschien mir daher der Weg über die Kisten. Ja, ich musste einfach den Kistenhaufen erklettern und konnte so vielleicht die Todesfallen umgehen. Die Kletterei erwies sich zwar als anstrengend, war aber nach zwanzig Minuten vorbei. Ich stieß weder auf neue schwarze Fäden, noch auf andere Fallen. Anscheinend konnten diese Wesen nicht klettern. Und da sie auch mich für eine Puppe hielten, hatten sie nur die unteren Enden der Gänge zwischen den Kistenstapeln zugesponnen.

Ich ging zurück zum Vorderdeck. Die Zahl der herumflanierenden und sich unterhaltenden Puppen nahm zu. Da ich mich aber wie ihresgleichen verhielt, beachteten sie mich weder auf der metallenen Treppe, die in den Bauch des Schiffes führte noch im Flur mit den bläulich leuchtenden Bullaugen an den Wänden. Mein Ziel war die Wohnung der weiblichen Puppe, die mich am Abend vorher bei sich aufgenommen hatte. Die Tür war nicht verschlossen. Wieder fiel mir diese peinliche Ordnung und Sauberkeit auf. Ich legte mich aufs weiche, warme Bett und schlief kurz darauf ein.

Eine plötzliche Bewegung ließ mich wieder aufwachen. Ich öffnete die Augen und blickte in ein Gesicht mit zwei blauen, freundlich lächelnden Augen. Ein roter, kühler Mund küsste zuerst meine Stirn, dann meine Wangen. Ich befand mich immer noch in einem Zustand zwischen Schlaf und Erwachen, wollte aber eigentlich gar nicht wach werden, weil ich wusste, dass sie es war, die mich liebkoste. Meine Puppe! Auch was auf ihrem Plan stand, war mir vollkommen klar, als das Blau ihrer Augen in ein leuchtendes Violett wechselte. Erstaunlich, an welch sonderbaren Situationen man sich erfreuen kann!

Mit der Verständigung klappte es anfangs nicht gut zwischen meiner Puppe und mir. Als wirksamstes Kommunikationsmittel erwies sich unser Minenspiel. Ein Lächeln bedeutete „das gefällt mir", ein ernstes Gesicht sollte sagen „du, da habe ich keine Freude daran." Es ist klar, dass es mir unter diesen Umständen nicht schwer fiel, meine Puppe dazu zu überreden, mich auf dem Schiff umherzuführen. Ich wollte die Moni finden. Außerdem interessierte es mich, was mit meinen übrigen Begleitern geschehen war.

Am späten Vormittag war es dann soweit. Arm in Arm mit meiner blonden Liebespuppe promenierte ich mit steifen Schritten über die gelb gestrichenen Metallplatten des Decks, fast so wie am Vortage, nur mit dem Unterschied, dass diesmal ich die Richtung bestimmte. Meine Puppe ging willig mit.

Als wir am hinteren Ende des Schiffes an einer Tür vorbei kamen, die einen Spalt weit offen stand, fiel mir ein widerlicher Gestank nach verwesendem Fleisch auf. Doch da in unmittelbarer Nähe eine Gruppe blau gekleideter männlicher Puppen stand, wagte ich es nicht, die Ursache des Gestanks herauszufinden. Brav stakste ich an der Tür vorbei, grüßte die Puppen und lächelte meine hübsche Begleiterin an. In der kommenden Nacht wollte ich mir den Raum hinter der Stahltür näher ansehen. Zudem hatte ich wieder Hunger bekommen. Meinen Durst löschte ich am Schwimmbecken.

Mein Abendprogramm glich dem des Vortages. Wieder gab es Öl in Teetassen, wieder endete der Tag im großen, schwarzen Metallbett des Schlafzimmers und wieder war meine Puppe nach etwa zwei Stunden eingeschlafen. Schon zuvor hatte ich die Schränke der Küche durchsucht und ein kleines scharfes Metallbeil gefunden. Die restlichen Konserven ließen sich damit bestimmt gut öffnen. Zugleich quälte mich die Sorge, wo um alles in der Welt ich in Zukunft etwas Essbares herbekommen sollte.

Mit dem Beil in der Hand, machte ich mich auf den Weg. Der Mond stand als schmale Sichel im Nordwesten und verlieh dem verlassenen Deck ein unheilvoll kaltes Aussehen. Doch Angst hatte ich keine mehr. Mein Lebensweg war zur Einbahnstraße geworden. Das Schiff fuhr immer noch mit Höchstgeschwindigkeit gen Süden.

Vor der großen Stahltür blieb ich stehen. Sogar hier außen roch es nach faulendem Fleisch. Den Mechanismus dieser Türen kannte ich bereits sehr gut. Er war überall auf dem Schiff der gleiche. Beim Öffnen der schweren, grau gestrichenen Stahlplatte schlug mir ein durchdringender Verwesungsgestank entgegen. Mit klopfendem Herzen betrat ich den Raum. An der Wand rechts neben mir standen, in einem Regal aufgereiht, tellergroße Dosen, die meine Umgebung in ein fahlgelbes Licht tauchten. Solche Tellerdosen hatte ich auf dem Schiff schon öfter gesehen. Die Puppen benutzten sie als Lampen. Ich griff nach einer. Bei der Berührung meiner Hand nahm ihre Helligkeit zu, so dass ich mich problemlos umsehen konnte. Die Stahltür hinter mir ließ ich weit offen stehen. Die Geräusche der Schiffsmaschinen verschmolzen in der weiten Halle vor mir zu einem undefinierbaren Dröhnen und Grollen. Es schien von überall herzukommen, von den grau gestrichenen Wänden, den großen, schwarzen Regalen, die an manchen Stellen bis zur Decke reichten und den länglichen, braunen Kisten, die wie Särge aufgereiht vor einem Haufen aus allerlei Kleinkram standen. Weiter hinten breitete sich eine stinkende, dröhnende Dunkelheit aus. Ich konnte nur hoffen, dass man nicht auch hier jene schwarzen Todesfäden gespannt hatte. Auf alle Fälle nahm ich mir vor, äußerst vorsichtig voranzugehen, was natürlich viel Zeit kostete. Doch weitergehen musste ich, denn ich hatte Hunger, und wo es nach verwesendem Fleisch roch, gab es vielleicht auch etwas zu essen. Diese Puppen hatten ja seltsame Verhaltensweisen, und mich hätte es nicht gewundert, wenn sie eines ihrer Nahrungsmittel gerade aus diesem stinkenden Zeug hergestellt hätten.

Vorsichtig, Schritt für Schritt, näherte ich mich der Reihe der braunen länglichen Kisten. Ich klopfte mit dem Finger an die erste. Sie klang hohl. Langsam schlich ich die Reihe der Kisten entlang. Der Gestank nahm zu, je mehr ich mich dem gegenüberliegenden Ende der Kistenreihe näherte. Bei den letzten braunen Behältern begann der Fußboden glitschig zu werden. Ich richtete das Licht der Lampe nach unten und erblickte am Boden eine Pfütze aus einer grauen sülzigen Masse, in deren Mitte ich stand und von der dieser unbeschreibliche Gestank ausging. Schmale Rinnsale verbanden die Pfütze mit den vier letzten braunen Kisten. Ich zog ein Tuch aus meiner Hosentasche und band es mir vor Mund und Nase. Dann bückte ich mich und sah mir die graue Masse genauer an. Sie wimmelte vor kleinen, weißen Würmern. Und jetzt fiel mir noch etwas auf, das ich bisher nicht bemerkt hatte. Es gab hier Fliegen. Ja, richtige große, fette, schwarze Fliegen, und das mitten auf einem Schiff voller Wesen aus Metall und Kunststoff. Die Tiere krabbelten auf dem Fußboden herum, umsurrten mich, landeten auf den braunen Kisten. Besonders an den vier letzten schienen sie großen Gefallen gefunden zu haben.

Ich ging weiter bis zu dem Gerümpel hinter den Kisten. Dieser Haufen aus Drähten, Metallplättchen, Kunststoffkugeln und im fahlgelben Licht meiner Lampe bräunlich schimmernden Glasprismen erweckte den Eindruck eines lebenden Wesens. All das war an einem gelben Metallgestell befestigt. Berührte ich die Konstruktion an einer Stelle, begann sie überall zu zittern und zu zucken. In das Rüttelgeräusch mischte sich immer wieder ein Laut, der wie das Knirschen von Stiefeln auf frischem Schnee klang. Schwarze Todesfäden gab er hier anscheinend keine, denn meine Hand blieb unverletzt. Mein Magen knurrte. Mir war klar, dass ich verhungern würde, wenn es mir nicht bald gelang, etwas Essbares zu finden. Ich ergriff einen der Drähte des zitternden Gerümpelhaufens und blickte auf die sülzige Masse neben den Kisten. „Ja, ich werde mir Fische angeln! Viele Fische. So viele Fische, wie ich essen kann. Der Draht wird meine Angelschnur und die Würmer der Köder!" Ich zog den Draht ein Stück weit aus dem zitternden Gebilde heraus. Das Sammelsurium aus Kabeln, Kunststoffkugeln und Metallplättchen begann sich zu schütteln, doch ich ließ nicht locker, wickelte das herausgezogene Stück um meinen Arm und riss mit aller Gewalt daran. Immer mehr vom Draht ließ sich herausziehen, bis ich etwa fünfzig Meter davon um meinen Arm gewickelt hatte. Dann riss er irgendwo im Innern des Gerümpelhaufens ab, denn plötzlich hielt ich sein ausgefranstes Ende in der Hand. Das Gebilde fiel mit lautem Gezische um. Nun brauchte ich noch einige Würmer. Ich stellte die Lampe auf den Boden neben die eklige, stinkende Pfütze, in der es vor fetten weißen Maden wimmelte. Langsam wurde mir übel. Mit bloßen Händen fischte ich einige der hässlichen, glitschigen, sich windenden Tiere aus der stinkenden Brühe, verpackte sie in einem Stück Papier und legte sie in die Mulde oben auf meiner Lampe. Das Gefühl erbrechen zu müssen ließ mir keine Wahl mehr. Ich musste die bestialisch stinkende Halle verlassen. Schnell ging ich denselben Weg zurück, den ich gekommen war, bis ich wieder frische Luft in meiner Nase spürte.

Draußen lehnte ich mich erst einmal gegen die geschlossene Tür und atmete tief durch. Frische Seeluft, wie gut die tat! Wieder hatte ich das Gefühl, als wäre die Luft kühler als in der Nacht zuvor. Lag das am Wetter, oder näherten wir uns derart schnell dem südlichen Wendekreis?

Zehn Minuten später traf ich mit meiner Beute in der Wohnung meiner Puppe ein. Sie schlief und sah wie ein Engel aus einer anderen Welt aus. Eigentlich schade, dass sie nicht menschlich war!

Das Draht bestand aus vielen kleinen, zusammengeflochtenen Metall- und Kunststofffäden, einem Zopf nicht unähnlich. Ich entflocht das untere Ende. Die dünnen Metallfäden waren hart und elastisch. Sie ließen sich kaum biegen, ohne dass man sich dabei die Finger verletzte. Der Hunger zwang mich zu Hast und Eile. Nach einer halben Stunde hatte ich trotz vieler Schwierigkeit zwei Meter des Drahtes entflochten und die etwa dreißig feinen, herabhängenden Metallfäden an ihren

Spitzen mit gebogenen Nadeln versehen, die ich tags zuvor in einer Schlafzimmerschublade meiner Puppe gefunden hatte. An den Nadeln befanden sich zahlreiche Widerhaken, genau das, was ich brauchte. Auf die Spitzen der Nadeln spießte ich die Würmer und betrachtete dann stolz mein Werk. „Ja, ich werde Fische fangen. Ich werde wieder essen. So lange ich nicht tot bin, kämpfe ich!"

Wieder am nächtlichen Deck, ließ ich die Angel vorsichtig über Bord, dem in der Dunkelheit unter mir rauschenden Wasser entgegen. Das obere Ende des Drahtes befestigte ich an einem Haken, der in Kniehöhe aus einem weißlackierten Metallträger der Reling herausragte. So, das war geschafft! Der Magen aber knurrte immer noch.

Was befand sich bloß in den braunen Kisten? Dem Geruch nach zu urteilen musste darin etwas verfaulen. Eigentlich fürchtete ich mich davor, nach der Ursache des Gestanks zu suchen. Nach einigem Zögern verließ ich dann doch meinen Angelplatz und schlug den schnellsten Weg zur großen Stahltür ein, vor der es immer noch widerlich nach verwesendem Fleisch roch. Die weite Halle empfing mich wieder mit ihrem Brummen und Grollen. Da ich die Tellerlampe in der Wohnung meiner Puppe vergessen hatte, nahm ich mir einfach eine neue. Um die quälenden Fragen nach der Ursache des fauligen Gestanks zu beantworten, musste ich eine der Kisten öffnen. Egal wie. Nach kurzem Suchen fand ich, was ich brauchte. Ein Brecheisen.

Die vorderen braunen Behälter hielten meinen Öffnungsbemühungen stand. Aber weiter hinten befand sich an einer der Kisten oben neben dem Deckelansatz ein feiner Spalt, gerade breit genug für die Spitze meines Brecheisens. Ich drückte und hebelte und plötzlich sprang der Deckel mit lautem Gekrache auf. Seine Wucht war so groß, dass er von der Kiste herunterflog und einige Meter entfernt polternd auf dem Boden liegen blieb. Doch in der Kiste gab es nichts Essbares. Eingebettet in gelbe, ölige Holzwolle lag eine Puppe. Was hatte das zu bedeuten? War dies eine Art Deponie für funktionsuntüchtige Automaten? Eine Roboterleichenkammer? Ein grausiger Verdacht machte sich in meinen Gedanken breit. „Wenn alle funktionsuntüchtigen Puppen ..." Ich konnte nicht mehr anders, musste zu den Kisten hinüber laufen, aus denen diese eigenartige geleeartige Flüssigkeit herauslief. Bei der letzten braunen Kiste am Ende der Reihe angekommen setzte ich mein Eisen an die Stelle neben dem Deckel, an der bei der Kiste, die ich zuvor geöffnet hatte, der Spalt zu finden war. Die Ungewissheit verlieh mir ungeheuere Kräfte. Brutal stemmte ich den braunen Deckel auf. Dann ließ ich das Eisen fallen, betrachtete einige Augenblicke voll Abscheu die in Verwesung übergegangene, verstümmelte Leiche, hielt mir die Hand vor den Mund, machte kehrt, lief weit hinein in das Dunkel der Halle und brach in Tränen aus. Ronco! Ich kniete mich auf den Boden, versuchte meinen verräterisch lauten Atem zu beruhigen. „Nur ruhig, du lebst noch, du kannst dich noch wehren."

Was sich in den anderen drei Kisten befand, war unschwer zu erraten. Ich zählte meine früheren Begleiter an den Fingern durch. Einer fehlte. Moni? Ja, sie hatte auch Puppe gespielt. Moni lebte vielleicht noch! Ich nahm mir vor, sie zu suchen. Jetzt gleich würde ich damit beginnen. Aber nein. Lieber erst schlafen. Morgen früh, da konnte ich sie vielleicht sogar an Deck finden.

Plötzlich ging irgendwo weit hinten in der riesigen Halle ein Licht an und mir war, als sackte all mein Blut in meine Beine, und mit ihm auch mein Mut. Dicht neben mir, keine fünf Schritte entfernt, standen reihenweise Puppen in blauen Matrosenanzügen. Ganze Kompanien von Puppen standen da und starrten mich an. Mich! Ich machte eine abwehrende Handbewegung, als wollte ich sagen „ist ja gut, ich gehe jetzt besser", brachte aber keinen Ton über die Lippen. Dann begann es in der ganzen Halle zu surren. Die Puppen setzten sich in Bewegung. Langsam, schrittweise kamen sie auf mich zu, so, als ob sie es nicht nötig gehabt hätten, sich zu beeilen. Die Tür! Ich musste zur Tür hinaus, bevor es ihnen gelang mich zu fassen. „Du kannst schneller rennen als diese Automaten, spiele deine Vorteile aus, verkaufe dich so teuer wie möglich!" Ich begann zu laufen. Der Abstand zwischen meinen Verfolgern und mir vergrößerte sich schnell. Die Tür passierte ich wie ein Blitz, rannte noch ein Stück über das verlassene finstere Deck, drehte mich um und keuchte. Die große Stahltür begann sich zu bewegen und fiel hart und unwiderruflich ins Schloss.

„Sicher werden sie jetzt das ganze Schiff alarmieren", dachte ich mir.

Ich rannte weiter, musste die Wohnung meiner Puppe erreichen, bevor die Kerle in den Matrosenanzügen das Deck nach mir abzusuchen begannen. Ohne Schwierigkeiten gelangte ich in das Schlafzimmer meines bildhübschen Liebesautomaten. Wie ein Engel aus dem Paradies lag sie in ihrem schwarzen Seidenbett und schlief. Ich entkleidete mich und legte mich zu ihr. Ein wunderbares Alibi!

Am nächsten Tag hieß es für mich wieder Puppe spielen. Hungrig promenierte ich einige Male mit meiner hübschen Begleiterin an der Stelle vorbei, wo, an einem Stahlhaken festgezurrt, meine Angelschnur hing. Nach einer Stunde hielt ich es nicht mehr aus. Ich führte meine Puppe zum vorderen Ende des Decks, vorbei an einer blau gekleideten Gruppe Roboter, die mit ihren Glasaugen irgendetwas am Horizont musterten und sich mit tickenden Stimmen aufgeregt darüber unterhielten, setzte sie auf eine Bank und entfernte mich mit schnellen Schritten in Richtung meiner Angelschnur. In der Nähe meiner Angelstelle standen drei weiß gekleidete Roboterdamen. Da sie mich aber nicht beachteten, tastete ich nach dem Draht, nahm ihn in meine Hände und zog ihn nach oben. Er fühlte sich schwer an. Jedenfalls schwerer als die Nacht zuvor. Dann kam das untere Ende mit den Haken zum Vorschein. Fische! Ich konnte es nicht fassen. Zitternd zog ich meine Beute ans Deck. An zwei Haken hingen Fische, jeweils so groß wie ein ausgewachsener Hering. Ich berührte die schlüpfrige Oberfläche. Sie waren beide bereits tot. Tot? Ach was!

Hinter mir erklang ein vertrautes Surren. Ich drehte mich um. Meine Puppe stand da. Dann geschah etwas, das ich nie für möglich gehalten hätte. Sie begann zu weinen. Dicke Tränen liefen aus ihren hübschen Augen, rollten die Wangen hinab, tropften von Nasenspitze und Kinn. Eine Puppe mit Gefühl? Plötzlich tat sie mir leid. „Vielleicht ist es nicht nur ein Programm das in ihr abläuft", dachte ich mir, „und sie liebt mich wirklich, so echt wie ein Mensch".

Doch für solche Gedanken war keine Zeit. Ich verscheuchte sie schnell aus meinem Kopf. Der Hunger half mir dabei. Ich zog mein Hemd aus, wickelte die Fische hinein, nahm den weinenden Automaten bei der Hand und lief in Richtung der Kistenburg. Vor dem Eingang mit den Todesfäden blieb ich stehen. Hier war es ruhiger als auf dem offenen Deck. Meine Puppe blickte mich an, verständnislos, wie ich meinte. Doch dann begann sie zu lächeln. Mit ihrer rechten Hand fuhr sie durch die schwarzen Todesfäden, die wie Spinnweben zerrissen. Mit der linken nahm sie mich am Arm und führte mich weit in den Gang zwischen den Kistenstapeln hinein. Hier waren wir sicher. Ich hatte einen Freund, die Puppe. Sie half mir zu überleben. Ich konnte mich auf sie verlassen. Kein einziges Mal während meines Aufenthalts auf diesem sonderbaren Schiff hat sie mir weh getan. War das vielleicht Liebe?

Die Fische! Mein Hunger ließ nicht locker. Ich öffnete mein Taschenmesser und schlitzte den ersten auf. Rohen Fisch hätte ich unter anderen Umständen niemals in den Mund genommen. Schon gar nicht hätte ich ihn gekaut und geschluckt. Jetzt war es eine Delikatesse. Meine bezaubernde Begleiterin betrachtete mich erstaunt. In meinen Augen wurde sie von Tag zu Tag hübscher.

„Wer hat dich nur entworfen", fragte ich sie.

Es war das erste Mal, dass mich meine Puppe sprechen hörte. Ihre Augen blitzten auf. Dann weinte sie wieder. Dieses Mal wohl vor Freude. Zaghaft berührte sie mit ihrem Kunststofffinger den Fisch, steckte die Fingerspitze in den Mund. An ihrem Gesichtsausdruck war unschwer abzulesen, dass sie diese Art von Speise für ungenießbar hielt. Trotzdem nahm sie ein Stück von dem blutigen Fischschwanz und begann daran herumzukauen. Ich kam aus dem Staunen nicht mehr heraus. Mir zuliebe wollte sie sich so verhalten, wie ich mich verhielt, obwohl es ihr möglicherweise schadete. Eine Puppe spielte Mensch.

Die folgenden Wochen verbrachte ich vorwiegend mit meiner blonden Puppe und mit Angeln. Allerdings schmeckte mir roher Fisch von Tag zu Tag weniger, so dass ich mich trotz Hungers zum Essen zwingen musste. Die Beziehung zwischen meiner Puppe und mir entwickelte sich immer mehr zu einem echten Liebesverhältnis. Doch irgendwo auf dem Schiff musste sich die Moni aufhalten. Sie wollte ich auf alle Fälle finden. Schließlich war Moni der einzige Mensch unter all den Robotern. Und so leben wie die Puppen wollte ich auf Dauer nicht. Doch nach Moni zu suchen war nicht leicht. Was, wenn ich in eine Falle geriet und so endete wie Ronco und all die anderen?

So vergingen die Tage, während die Temperatur an Deck mehr und mehr sank. Nicht nur, dass die Wolken am Himmel von Woche zu Woche dunkler wurden. Auch die Luft fühlte sich jeden Morgen kühler an und über dem Meer stand dichter Nebel. Wenn ich an Deck kam, fror mich und auch im Innern des Schiffes war es nicht viel wärmer. Zum Glück passten mir die Kunststoffkleider meiner Puppe. Sie wärmten wie Taucheranzüge aus Gummi.

Eines Tages begann es zu regnen. Ununterbrochen klatschten die kalten Tropfen gegen das Bullauge vor dem ich saß und gelangweilt und stumpfsinnig das Meer betrachtete. Tagelang beschränkte sich mein Blickfeld auf graue, wogende Wassermassen, bis dann der erste Eisberg erschien. Er kam sehr nah am Schiff vorbei, so dass ich ihn erst spät erblickte. Ich rannte an Deck und stellte mich zu den mit freudigen Gesichtern das Eis anstarrenden Puppen. Da ertönte ein Pfeifton und die Roboter verbeugten sich vor dem Eisberg. Erstaunt sah ich mich um. Und da ich nicht auffallen wollte, verbeugte ich mich auch. Es sah aus, als würde Eis sehr viel für diese Wesen bedeuten. Vielleicht kamen sie aus dem ewigen Eis. Vielleicht fuhren wir deshalb mit Volldampf in Richtung Antarktis.

Im Laufe der folgenden Tage nahm die Zahl der im Wasser vorbeischwimmenden Eisberge ständig zu. Bald sah man sie überall. Nachts sank die Temperatur so tief, dass sich eine dünne Eisschicht auf der Wasseroberfläche des Swimmingpools, meines einzigen Trinkwasserreservoirs, bildete. Tagsüber schneite es. Die Puppen begannen mit großen Schaufeln das Deck vom Schnee zu befreien. Mit meiner Puppe verstand ich mich von Tag zu Tag besser. Mit der Wärme ihres Herzens schützte sie mich vor der Kälte des Wetters. Während der langen Zeit körperlicher Nähe hatte sie gelernt, mir jeden Wunsch von den Augen abzulesen, tat alles, um mein Leben auf dem Schiff so angenehm wie möglich zu gestalten.

Eines eisig kalten Morgens weckte sie mich mit vor Freude glänzenden Augen und führte mich durch endlos lange Gänge in einen riesigen Saal, tief unten im Bauch des Schiffes. Hier standen Puppen in vier Reihen und warteten. Auch wir stellten uns an das Ende einer der Warteschlangen. Jedem der Automaten war die Vorfreude auf etwas Großartiges, Außerordentliches im Gesicht abzulesen. Puppenweihnacht? Langsam schritten wir in der Schlange voran. Hinter uns hatten sich unzählige andere Puppen angestellt. Im ganzen Raum brodelte es, und es roch nach Öl. Von vorne, dem Ort der Bescherung, kam regelmäßig ein Zischen und Stampfen. Neugierig stellte ich mich auf die Zehenspitzen, reckte den Hals, ging einen Schritt zur Seite, konnte aber nichts erkennen. Erst als wir einige Meter vor dem großen Pult angekommen waren, wurde mir der Grund für die überall spürbare Erregung klar. Jeweils die Puppe, die an der Reihe war, setzte sich auf einen Stuhl, über dem ein s-förmig gebogener Metallbügel hing. Wie ein Kran senkte sich dann von oben eine riesige Zange herab, erfasste den Kopf der Puppe, drehte ihn dreimal um seine eigene Achse und trennt ihn vom übrigen Körper. Gelbbraunes Öl sprudelte aus dem Rumpf und wurde von einem riesigen Trichter aufgefangen. Dann floss aus einem durchsichtigen Schlauch, den ein weißes Zickzackmuster zierte, honiggelbes Öl in das Innere der Puppe. Ölwechsel! Kurz darauf wurde von dem kranartigen Gebilde der Kopf wieder auf den Körper gesetzt. Die Puppe stand von ihrem Sitz auf und die nächste in der Warteschlange setzte sich auf den Stuhl.

Als Übernächster wäre ich an der Reihe gewesen. Unwillkürlich legte ich die Hand an meinen Hals. Klar, dass ich mir nicht den Kopf abschrauben lassen würde. Ich hatte mich bereits dazu entschlossen, einfach die Reihe der Wartenden zu verlassen, als mein Blick auf eine andere Warteschlange freudig erregter Automaten fiel. Die Puppe, die es sich dort gerade auf dem Stuhl zum Ölwechsel bequem machte, trug langes rotblondes Haar. Moni! Die große Zange begann sich langsam ihrem Kopf zu nähern. Ich verließ meine Reihe, lief zu ihr, riss sie vom Stuhl und zerrte sie durch die Reihen der Wartenden hindurch auf den Ausgang zu. Niemand hinderte uns. Erst als wir weit hinten im dunklen Gang standen, erklang dieses seltsame Zischen, das die Puppen in den blauen Matrosenanzügen verursachten, wenn sie mit Höchstgeschwindigkeit über die glatten Gänge sausten. In den Schiffsfluren konnte man sich leicht zurechtfinden. Sie lagen stets im rechten Winkel zueinander und ging man lange genug auf einem geradeaus, so führte jeder zu einer Treppe. Stieg man diese nach oben, gelangte man automatisch ins Freie.

Draußen tobte ein Schneesturm. Moni ließ sich ohne Widerstand zu einem windgeschützten Platz hinter einer riesigen Metallplatte führen. Sie hatte bereits Gehorsam gelernt!

„Moni, ich bin so glücklich ....“

Kalte, grüne Augen sahen mich verständnislos an.

„Moni!“

Sie öffnete die blassroten Lippen. Ein Zischen erklang, so wie ich es anfangs von meiner Puppe gehört hatte.

„Moni?“

Ich berührte ihre Hand. Es war Haut, kein Kunststoff. Vor mir stand ein Mensch, körperlich gesehen. Plötzlich stand sie auf. Mit abgehackten Bewegungen entfernte sie sich von mir und verschwand, ohne ein Wort zu sagen, im dichten Schneegestöber. Mein Gott! Moni war in ihrer Seele zur Puppe geworden! „Du musst sie aufhalten“, schrie eine Stimme in meinem Kopf. „Den Ölwechsel überlebt sie nicht!“ Mit einem Sprung verließ ich mein Versteck, rannte zur großen Metalltür – und stieß gegen meine Liebespuppe. Genau wie schon einmal stand sie vor mir und weinte. Ich strich ihr den Schnee von den blonden Haaren. „Meine liebe Puppe". Sie umarmte mich und küsste meinen Mund.

Und dann kamen sie von überall her. Puppen in blauen Matrosenanzügen mit grimmig dreinblickenden Fratzen. Ich packte meine Puppe und zog sie mit mir fort, hinein in das dichte Schneetreiben, das sich bald wie ein weißes Tuch zwischen uns und unsere Verfolger legte. Doch meine Puppe wurde immer langsamer. Die Kälte und der eisige Wind konnten mir nichts anhaben, denn ich besaß ja den Körper eines Menschen. Sie aber schien langsam einzufrieren. Ihr Sommeröl wurde bei diesen niedrigen Temperaturen zu dickflüssig. Ganz im Gegenteil zu unseren Verfolgern, die offensichtlich ihren Winterölwechsel schon hinter sich hatten.

Plötzlich blieb meine Puppe stehen. Mitten in einer Bewegung hielt sie inne. Tränen liefen ihr die Wangen hinab und froren am Kinn fest. Dann verstummte das mir so vertraut gewordene Surren. Ich wollte weiter, blieb aber nach einigen Schritten wieder stehen. Durch den immer dichter werdenden Vorhang aus dicken, wild durcheinander wirbelnden Schneeflocken, musste ich mit ansehen, wie einer der Blaugekleideten meine liebe Puppe brutal packte und sie davontrug.

Flucht war jetzt meine Haupttriebfeder. Über einem dicken Metalldraht, der wie ein Blitzableiter an der Wand einer der Aufbauten befestigt war, erkletterte ich eines der Flachdächer. Der eisige Wind blies Schnee gegen mein Gesicht. Meine Haut schmerzte. Unter mir, hinter der grauen Schneewand nur als undeutliche Schatten wahrnehmbar, standen meine Verfolger. Klettern konnten sie anscheinend nicht. Doch hatte ich schon mehrmals Puppen auf diesen Flachdächern gesehen, so dass ich mich hier keineswegs sicher fühlen durfte. So kletterte ich von Dach zu Dach, bis wieder irgendwelche Kistenstapel vor mir auftauchten. Hier hatte man anscheinend keinen Schnee geräumt, denn in den Gängen zwischen den Kisten türmte er sich mehrere Meter hoch. Ein ideales Versteck, wenn nicht wieder irgendwelche Fallen auf mich warteten. Ohne Zwischenfälle gelangte ich bis ins Innere der Kistenstapel, wo ich mich hinter einer Schneewehe ausruhte. Der starke Wind hatte längst meine Spuren verweht und von den Puppen ließ sich keine sehen. In den Puppenkleidern, die ich inzwischen trug, war es selbst bei Minusgraden wohlig warm.

Ich musste herunter von diesem Schiff, aber wie? Klar, schon lange machte ich mir Gedanken über eine Flucht, denn die zunehmende Kälte und die geringer werdende Zahl an gefangenen Fischen ließen mein Leben auf dem Puppenschiff langsam zur Qual werden. Als Fluchtmittel boten sich die Rettungsboote an. Noch in derselben Nacht wollte ich alle meine Vorräte an gefrorenem Fisch und sonstigen Habseligkeiten auf einem der grün bemalten Boote verstauen. Doch wie sollte ich es aufs Meer setzen? Es gab keine eisfreie Wasseroberfläche mehr. Vom Rumpf des Schiffes bis hinaus zum Horizont bedeckten Eisberge verschiedener Größe den Ozean. Träge schlugen sie beim Vorbeiziehen gegen die Schiffswände, ließen Reling und Aufbauten erzittern. Die Puppen schien das nicht zu stören. Unbeirrt fuhren sie weiter Richtung Süden. Doch fliehen musste ich, egal wie. Sollte ich einen Eisberg als schwimmende Zuflucht nehmen? Dieser Gedanke machte mir Angst. Soweit ich das beurteilen konnte, trieb eine starke Strömung das Eis nach Norden, wo es schmolz. Die Flucht auf einem Eisberg schien mein Leben nur unbedeutend verlängern zu können – um Tage vielleicht, höchstens um Wochen. Aber auf einem fremden Schiff bleiben, auf dem ich gejagt wurde und das immer weiter in die eisigen Gefilde der Antarktis vordrang, war die bei weitem aussichtsloseste Zukunftsperspektive.

V

Gegen Abend ließ der Schneesturm nach. Nachts klarte der Himmel auf, so dass das Licht abertausender Sterne die Schneeflocken auf Deck und zwischen den Aufbauen zum funkeln brachte. Es war seltsam still geworden. Nur das schon zur Gewohnheit gewordene Schlagen und Reiben der Eisblöcke gegen den Schiffsrumpf drang durch die eiskalte, nächtliche Luft. Vielleicht scheuten es die Puppen, sich bei derart extremen Minustemperaturen an Deck aufzuhalten.

Noch einmal holte ich meine Angel ein, das letzte Mal auf diesem Schiff. Es hing sogar noch ein Fisch daran. Ich wickelte den Draht um meine Taille, steckte den Fisch in die große Brusttasche meines warmen Kunststoffmantels und schlich mich nach Steuerbord, an die Stelle neben dem Schwimmbecken, die mir bei meiner Ankunft als Versteck für die Ölsardinendosen gedient hatte. Hier befand sich noch die Lampe von meiner nächtlichen Durchstöberung des Lagerraumes und ein Packen Papier, wasserdicht verschlossen in einer Kunststoffkassette. Zudem fand ich in der Tasche meiner alten Hose ein Päckchen Streichhölzer, einen Füllfederhalter, meine Ausweispapiere, Geld und verschiedenen Kleinkram. Ich nahm alles an mich. Selbst die völlig zerlöcherte Hose band ich mir um. Von der Lampe wusste ich, dass die Mulde an ihrer Oberseite als kleine aber effektive Kochplatte diente. Ihr Wirkungsmechanismus blieb mir gänzlich unbekannt. Bedienen konnte ich sie jedoch inzwischen ganz gut. Draußen auf dem Eis würde ich dringend eine Kochgelegenheit brauchen.

Mit all diesen Gegenständen ging ich zur Reling. An freien Flächen hatte der Wind vom Nachmittag den Schnee weggeweht, aber an geschützten Stellen hinter Bänken, Pfosten und Wänden türmte er sich bis zu drei Metern hoch auf. Hier wartete ich und sah den vorbeiziehenden Eisbergen zu. Manche von ihnen kamen so nahe heran, dass ich am liebsten hinüber gesprungen wäre, doch da war dieser enorme Höhenunterschied vom Schiff hinunter zum treibenden Eis. Angesichts der Größe der Eisberge und des Schiffes fühlte ich mich unendlich klein und verloren. „Jetzt bloß nicht aufgeben!" sprach eine Stimme in meinem Kopf. Die Strickleitern! Waren sie noch da? Ich ging an der Reling entlang und fuhr mit meiner Hand, die in einem gelben Kunststoffhandschuh steckte, über das weiß gestrichene Metall. Feiner Schnee fiel hinab, den schwimmenden Eiskolossen entgegen. Da hing eine der Leitern! Ich fühlte mich wie damals, als wir über so eine Leiter das Deck erreicht hatten. Unten in der Tiefe rieben Eisschollen gegen den Schiffkoloss, brachten die Leiter zum Pendeln. Die dicken Seile zitterten. Vorsichtig blickte ich mich um. Das Deck war noch immer verlassen. Ich kletterte über die Reling, suchte mit meinen Füßen Halt auf den breiten Sprossen und begann langsam, fast schon gemächlich, hinabzuklettern. Riesige, grauweiße, mit Schnee bedeckte Eisberge schwammen an mir vorüber. Manche davon so nah, dass ich mir einbildete, den im Mondlicht glitzernden Schnee riechen zu können.

Weiter vorne, am gegenüberliegenden Ende des Schiffes, kam gerade ein besonders großer Eisberg in Sicht. Er stieß gegen das Schiff, ließ es erzittern und brachte meine Leiter zum Schaukeln. Zu der Zeit befand ich mich etwa fünfzehn Meter über den im Wasser tanzenden Eisschollen. Doch plötzlich begann sich die Leiter mit mir nach oben zu bewegen, zurück zur Reling, die ich gerade erst verlassen hatte. Ich blickte nach oben und erkannte die Gefahr. Über mir erschienen Puppenköpfe mit gelb leuchtenden Augen. Schwarze Kunststoffarme ergriffen die Leiter und zogen sie nach oben.

Unter mir warteten Eis und Salzwasser, über mir der sichere Tod in einer der braunen Kisten. Ich entschied mich für das Eis und sprang. Zu der Zeit war der riesige Eisberg bereits so nahe herangekommen, dass sich seine Ausläufer direkt unter mir befanden Ich flog durch die kalte Nachtluft direkt darauf zu. Es wurde schon oft berichtet, dass in solchen Augenblicken noch einmal das ganze Leben vor dem inneren Auge vorbeizieht. Doch das war bei mir nicht der Fall. Ich erkannte nur die im Sternen- und Mondlicht gläsern schimmernden Eiskanten, wusste, dass sie scharf wie Rasierklingen sein konnten, sah die undeutlichen Schatten riesiger Schneewehen, die sich bis zum hoch aufragenden Gipfel des Eisriesen erstreckten.

Dann war ich unten. Wie ein Geschoss durchschlug ich die weiche Oberfläche aus Pulverschnee und versank darin wie in einem Kissen. Nirgendwo gab es einen festen Halt. Um mich herum wirbelten feine, glitzernde Eiskristalle. Und dann begann ich zu rutschen, fiel nach unten, stieß gegen Eiskanten, bis ich in einem Gemisch aus Schnee und Eisbrocken liegen blieb. Noch völlig durcheinander vom Sturz, aber erleichtert, dass ich unverletzt geblieben war, richtete ich mich auf und setzte mich auf einen Vorsprung in der Eiswand. Einige Meter vor mir ging der Schnee in eine dunkle Mischung aus Eisbrocken und Meerwasser über. Hinter mir ragte der Eisberg wie ein riesiges Felsmassiv in die Höhe. Zu meiner Linken kroch das sich langsam immer weiter entfernende Puppenschiff zwischen den höher werdenden Eistürmen nach Süden. Soweit das von meiner Position aus zu erkennen war, standen unzählige dunkle Gestalten an der Reling und zogen eifrig alle Leitern nach oben. Mir war das egal. Ich blickte dem Schiff nur müde und erleichtert hinterher. Meine Liebespuppe? Ja, traurig war ich schon! Doch bald erhob mein Körper rücksichtslos Anspruch auf Schlaf. Die nächsten Stunden blieb ich auf dem Eisvorsprung sitzen, träumte vor mich hin, schlief zwischendurch kurz ein, wachte auf, schlief wieder ein. Es war schön, wieder einfach nur sorglos schlafen zu können! In meinen Kunststoffkleidern fühlte ich mich wohlig warm.

Als die Morgendämmerung einsetzte, erhob ich mich von meinem Sitzplatz. Steif, mit den Resten des Schlafes in meinen Gliedern, begann ich meine Umgebung zu erkunden. Alles leuchtete weiß, rein, neu. Meine Habseligkeiten waren mir beim Sprung von der Leiter zum Glück nicht abhanden gekommen. Hier unten, so nahe am Wasser, fühlte ich mich nicht wohl. Zu viel an Bösem und Unerklärlichem hatte ich in den letzten Wochen erleben müssen. Hoch oben zwischen den schneebedeckten Eishängen wollte ich mir ein Versteck bauen und lange, lange schlafen.

Der Aufstieg in die Gipfelregion des Eisbergs entpuppte sich als schwierig. Am späten Vormittag hatte ich Schnee- und Eisschluchten erreicht, in denen ich mir vorkam wie in einem richtigen Gebirge im Winter. An manchen Stellen hatten sich überhängende Dächer aus

Eis gebildet. Dahinter lagen Höhlen mit glasklaren Wänden. Eine dieser kleinen Höhlen befand sich etwa auf halber Höhe zwischen Meer und Gipfel. Hier machte ich es mir bequem. Mit den Händen schaufelte ich Schnee hinein und legte mich darauf, wie auf eine Matratze. Ohne die Kunststoffkleider meiner Puppe wäre ich zu dem Zeitpunkt schon längst erfroren gewesen.

Je sicherer ich mich fühlte, je mehr die Angst wich, um so mehr wanderten meine Gedanken zurück zu meiner Puppe. War sie tot? Können Roboter überhaupt sterben? Trauerte sie vielleicht um mich? Ich stellte die Lampe aus dem Schiff auf einen Eisvorsprung an der Höhlenwand, schüttete in die tellerförmige Vertiefung auf der Oberseite Schnee und drückte den kleinen roten Knopf an der Seite. Der Schnee wurde zu Wasser, das bald zu kochen begann. Mit dem Taschenmesser schnitt ich kleine Stückchen von einem meiner gefrorenen Fische ab und legte sie in den Sud.

Auf einmal musste ich lachen. Konnte man es überhaupt irgendwo gemütlicher haben, als hier in dieser Höhle? Die Anspannung der letzten Tage löste sich urplötzlich in einem Ausbruch an Übermut. Ich stand auf, tanzte herum, wälzte mich im Schnee, warf mit Eisbrocken um mich. „Ja, ich werde überleben! Bis jetzt habe ich es geschafft. Auch in Zukunft werde ich mich nicht unterkriegen lassen!" Für einen Menschen, der äußerst knapp dem Tod entronnen war, fühlte ich mich pudelwohl.

Die nächsten Tage ähnelten einander so sehr, dass ich mich nicht mehr erinnern kann, was wann geschah. Ich füllte sie aus mit verschlafener Langeweile und Eintönigkeit, unterbrochen durch Wasserkochen, Fischessen und Schneestürme. Zu Beginn der dritten Woche nach meiner Ankunft auf dem Eisberg ging mein Fischvorrat zu Ende. So nahm ich meine Angel, die mir auf dem Schiff schon so viele gute Dienste geleistet hatte, bestückte ihre gebogenen Stahlspitzen mit rohen Fischresten und befestigtes sie unten am Meer an einem dicken Eisblock. Vier Tage lang hing sie schon da und kein Fisch interessierte sich dafür. Doch dann, am fünften Tag, hingen gleich vier große Brocken daran, jeder einen halben Meter lang. Ich verstehe nicht viel von den verschiedenen Fischarten, doch glaube ich, dass es sich um Raubfische gehandelt haben muss. Sie hatten riesige Mäuler mit zwei Reihen hintereinandergestellter Zähne.

Die folgenden Tage und Wochen nahm die Zahl der Eisberge in meiner Umgebung stetig ab. Man konnte hier und da wieder größere Flächen eisfreien Wassers erkennen. Eine starke Strömung trieb meinen Eisberg immer weiter nach Norden, weg von der bissigen Kälte der Antarktis. Das Wetter begann fühlbar wärmer zu werden. Doch dann setzte eine Entwicklung ein, die mir urplötzlich wieder jede Hoffnung aufs Überleben raubte.

Es begann Anfang des dritten Monats meines Aufenthaltes auf dem Eisberg. Der Himmel hatte sich so grau gefärbt wie schon lange nicht mehr. Dann fing es an zu regnen. Zuerst waren es nur kleine Tröpfchen, fein wie Nebel. Aber bereits nach einer Stunde goss es in Strömen, wie bei einem Wolkenbruch. Mein Schnee, mein Eisberg, alles schmolz und schoss in Sturzbächen hinunter zum Meer. Meine Höhle wurde völlig überflutet und ich musste mit meinen Habseligkeiten in eine andere umziehen. In der Nacht klarte es auf und fror. Was für ein Bild am nächsten Morgen! Mein Weg zum Meer, da wo ich meine Angel verankert hatte, war verschwunden. Stattdessen bestand der ganze Eisberg nur noch aus spiegelglatten Flächen, die jede Bewegung zu einer lebensgefährlichen Rutschpartie machten. Ein großer Teil der benachbarten Eisschollen war verschwunden. Nur noch größere gefrorene Massen hatten sich in dem wärmeren Wasser behaupten können. Obwohl ich einen großen Vorrat an Fischen besaß und obwohl es an Wahnsinn grenzte auf dem glatten Eis herumzugehen, machte ich mich auf den Weg zu meinem Angelplatz. Ich musste höllisch aufpassen, dass ich nicht ins Rutschen geriet, denn an Halt war da nicht zu denken. Ich wäre ins Meer gefallen und ertrunken oder erfroren. So benötigte ich beinahe den ganzen Vormittag für den Weg nach unten zum Meer. Doch wo war er, der Eisblock mit meiner Angel? Alles hatte sich über Nacht verändert. Pfützen, die mit einer zentimeterdicken Eisschicht überzogen waren, bildeten den Übergang zum Meer. An anderen Stellen hatten Wellen einen Wall aus Eisstücken angespült.

Der Verlust meiner Angel bereitete mir große Sorgen. Zwar besaß ich noch Fisch in Fülle, doch was sollte geschehen, wenn der Essensvorrat aufgebraucht war? Meine schlimmste Befürchtung aber versuchte ich immer wieder zu verdrängen. Wann war so viel vom Eisberg weggeschmolzen, dass er mich nicht mehr tragen konnte?

Während ich vor den gefrorenen Pfützen stand und verzweifelt versuchte, Ordnung in meine sorgenvollen Gedanken zu bringen, fiel mir auf, dass die Oberflächen der Pfützen nicht parallel zum Meeresspiegel verliefen. Sie waren zum Eisberg hin geneigt, so als ob sich der riesige Eisbrocken, auf dem ich lebte, nachts einige

Meter zur Seite gelegt hätte. Ich sah genauer hin. Ja, der Eisberg musste sich in den letzten Stunden gedreht haben. Ich setzte mich auf ein flaches Stück Eis und fixierte einen Eisblock direkt am Wasser. Tatsächlich! Langsam, kaum wahrnehmbar, wuchs er aus dem Meer heraus. Gleichzeitig neigten sich die Eisflächen und auch mein Sitzplatz mehr und mehr. Der Berg drehte sich im Meer, so dass vermutlich in den nächsten Stunden oder Tagen ein ganz anderer Teil von ihm aus den Fluten ragen würde. Zu meinem Glück war seine Drehung sehr träge. Sie lief wie in Zeitlupe ab und ließ mir Zeit, mich in Sicherheit zu bringen. „Meine Fische, meine Lampe,“ dachte ich, „ich muss sie holen, schnell!“ Der Hang, für dessen Abstieg ich den ganzen Vormittag gebraucht hatte, war bereits so flach geworden, dass ich einfach hoch laufen konnte. Nach einer halben Stunde erreichte ich schweißgebadet meine Höhle, verstaute die Fische in den weiten Taschen meines Puppenmantels, hing mir die Lampe und den mit Papier gefüllten Plastikbehälter um und trat sofort wieder den Rückweg an.

Inzwischen hatte sich der Eisberg so weit gedreht, dass der ehemalige Hang zu einer waagerechten Fläche geworden war, die den höchsten Punkt des Berges bildete. Ich musste unbedingt auf ihre andere Seite gelangen, bevor sich diese Ebene in einen unüberwindlichen Steilhang verwandelt hatte. Nach einer weiteren halben Stunde hatte ich die Stelle erreicht, an der am Mittag zuvor noch das Meer begann. Jetzt lagen hier unzählige kleine am Eishang festgefrorene Eisbrocken und bildeten einen rutschfesten Untergrund für meine Schuhe. Ich lief weiter. Solange es bergab ging, konnte ich das Rennen mit der Drehung meines schwimmenden Eisblockes gewinnen. In meinem Bauch begann es zu ziehen.

Schon an den vergangenen Tagen hatte ich zeitweilig an Übelkeit gelitten, sie aber nie so recht beachtet. Der sich ständig bewegende Untergrund verstärkte dieses Gefühl. Bald war mir derart elend, das ich mich hinsetzen und ausruhen musste.

Doch der Eisberg kannte keine Müdigkeit. Er drehte sich weiter. Immer neue bizarre Gebilde tauchten aus den Fluten auf und kamen zu mir hoch. Ich stand wieder auf und lief, lief... Doch meine Kräfte ließen nach. Ich wurde immer langsamer. Bald holte mich die Drehung ein. Zuerst hob sie mich hoch, bis ich den Gipfel meiner einsamen Eisinsel bildete. Doch dann senkte sie mich und meine Umgebung auf die anderen Seite hinab, den eisigen Fluten entgegen. Schneeregen setzte ein. Ich fühlte mich derart elend und schwach, dass ich mich erschöpft hinter einen Eisblock kauerte und auf mein Ende wartete. Es war Abend. Das Geräusch der Brandung kam immer näher. Und noch ein anderes Geräusch hörte ich. Das Klopfen meines Herzens. In der Nacht quälten mich fiebrige Träume. Mein Bauch tat mir weh und in meiner Kehle brannte es.

Am Morgen strahlte eine große, warme Sonne von einem tiefblauen Himmel. Ringsherum war alles weiß, glänzte und funkelte. Es hatte geschneit. Der Eisberg stand still. Ja, er hatte sich in der Nacht sogar wieder ein Stück zurückgedreht. Ich fühlte mich nicht mehr so übel wie am Vortage. Aber als gesund konnte man diesen Zustand auch nicht bezeichnen. Zudem raubte mir die Aussicht, mit dem schmelzenden Eis im Meer zu versinken, jeglichen Lebensmut.

Es muss zu Beginn des vierten Monats meines Aufenthalts auf dem Eisberg gewesen sein, genau kann ich das

nicht mehr sagen, zu eintönig waren die Tage dahinge-
zogen, als Stöße den Koloss erschütterten. In unregel-
mäßigen Abständen begann er zu taumeln und sich um
seine Achse zu drehen. Meine anfänglichen Befürch-
tungen, er könnte erneut kippen und das Oberste zu
unterst kehren, verflogen schnell, als ich den wahren
Grund der Erschütterungen erkannte. Draußen im Meer,
keine fünfhundert Meter entfernt, ragten spitze, kahle,
schwarze Felsen aus dem Wasser. Sicherlich waren sie
mit ihren unter dem Meeresspiegel liegenden Ausläu-
fern schuld an den Erschütterungen meines Eisberges.
Der Eisgigant stieß dagegen, rieb sich daran, tänzelte
wieder zurück, um nach einem neuen Weg nach Norden
zu suchen. So fuhr ich einige Tage durch diese bizarre
Landschaft aus Stein und Eis, bis eine flache Insel von
der Größe eines Fußballfeldes meine Fahrt jäh beendete.
Der bereits weit abgeschmolzene Eisberg blieb an dem
schwarzgrauen Felsen hängen und es bereitete mir keine
Mühe, auf die Fußballfeldinsel, wie ich sie nannte, hin-
überzusetzen. Fußballfeld, das ist genau der richtige
Name für die kleine Insel, denn in ihrer Mitte teilte ein
schmaler Graben den beinahe rechtwinkeligen Felsen in
zwei gleich große Flächen, an deren äußersten Enden je
zwei längliche Steine standen, die entfernt an Torpfos-
ten erinnerten. Zudem lagen überall grauweiße, kugelige
Gebilde herum, Fußbällen gleich, bei denen es sich, wie
ich bald feststellen sollte, um Flechten handelte. Sie
bildeten in den folgenden Wochen eine willkommene
Abwechslung auf meinem Speisezettel.

Wieder verstrich die Zeit langsam und träge. So träge,
wie draußen auf dem Meer die Eisberge vorbeizogen.
Der Eisriese, mit dem ich vom Schiff der Puppen geflohen war, schmolz dahin. Seine Reste kamen nicht mehr

von den Felsen vor der Insel los. Tagsüber vom Regen ausgewaschen, über Nacht von bizarren Eisgebilden bewachsen, änderte er unentwegt sein Aussehen und wurde dabei kleiner und kleiner. Eisschollen machten sich los und zogen an meiner felsigen Insel vorbei nach Norden. Auch ich wäre gerne mitgefahren. Oft sah ich ihnen wehmütig hinterher, während regennasser Wind an meinen Kleidern zerrte.

Einmal, als einer der seltenen Schönwettertage für kurze Zeit die Wolken und Dunstschleier beiseite räumte, erblickte ich weit im Norden, da wo die Eisriesen hinzogen, einen schmalen schwarzen Strich. Doch Tage mit schönem Wetter waren selten. Die ständige Eintönigkeit begann Spuren in meiner Seele zu hinterlassen. In den trostlosen, dunklen Nächten fand ich keinen Schlaf, hatte Halluzinationen, sah grüne Bäume voller Früchte, lief über blühende Wiesen. Auch tagsüber überraschten mich manchmal diese Bilder, so dass ich oft stundenlang in einer mit Flechten ausgepolsterten Nische saß, auf die verregneten Felsen oder das neblige Meer starrte und die schönsten Traumbilder erlebte. Zu essen gab es genug. In flachen, felsigen Tümpeln fanden sich immer kleine Fische, Krebse und anderes Meeresgetier. Doch Appetit hatte ich schon lange keinen mehr. Ich musste mich zum Verzehr dieser Tiere zwingen.

Der schwarze Strich im Norden – irgendwie ging davon eine magische Anziehungskraft aus. Ich musste da hin. Sicher war es eine größere Insel. Vielleicht war sie sogar bewohnt. Die Hoffnung Menschen zu finden, verlieh mir neuen Lebensmut, schenkte mir Kraft.

An einem kalten, nebligen Morgen bestieg ich eine kleine Eisscholle und ruderte zu einem gerade vorbeiziehenden Eisberg hinüber. Es war ein viel kleineres

Exemplar als der, mit dem ich vom Schiff der Puppen geflohen war. Die steilen, zerklüfteten Eiswände ließen sich nur unter großer Mühe erklettern. Als ich endlich die obere Plattform erreicht hatte, lag meine Fußballfeldinsel schon in weiter Ferne, hinter einem Schleier aus Nebel und Regen.

Meine Puppenkleider hatten bei der Fahrt auf dem großen Eisberg stark gelitten. Das ständige Klettern zwischen scharfen Eiskanten hinterließ zahlreiche Löcher. Zum ersten Mal seit langer Zeit fror mich wieder. Die Tage auf dem kleinen Eisberg warfen mich zurück in völlige Trostlosigkeit. Lange Zeit saß ich in einer kleinen Mulde neben einem haushohen Eisgebilde und schlief, hungerte und fror. Gespenstisch grauer Nebel versperrte mir tagelang jeden Fernblick, bis sich nach etwa einer Woche das Wetter zu ändern begann. Schnell erkletterte ich den höchsten Punkt des Eisberges und sah mich um. Da lag sie, die Insel zu der ich aufgebrochen war. In etwa drei Kilometer Entfernung leuchteten ihre schroffen mit braunen Flechten und niederem Buschwerk bewachsenen Felsenflanken in der antarktischen Sonne. Doch der Eisberg war bereits daran vorbeigefahren. Was ich von der Insel sah, war ihre der Sonne zugewandte Nordseite. Deswegen wuchsen hier Büsche.

Abermals glaubte ich, ich sei verloren. Die kommenden Tage verbrachte ich in völliger Apathie. Doch an einem sonnigen Morgen schüttete das Glück endlich sein volles Füllhorn über mir aus. Zuerst erschütterte ein heftiger Stoß meine schwimmende Eisburg. Sie beugte sich zur Seite und schüttelte mich ab. Ich fiel ins Wasser. Meine Habseligkeiten landeten knapp neben mir, erschlugen mich fast. Sofort war ich hellwach. Wieder sah ich Felsen, die aus dem Wasser ragten und an denen sich die Wellen brachen. Hinter einer weiten, weißen Gischtfläche erhob sich in einer Entfernung von eineinhalb bis zwei Kilometern eine riesige Felsinsel mit hoch in den blauen Himmel aufragenden Felsspitzen. Ich packte meine Habseligkeiten, erkletterte eines der heranschwimmenden Eistrümmer und ließ mich bis zu einem größeren Felsen tragen. Hier hieß es aufpassen, denn die Wellen trieben die Eisschollen mit einer derartigen Wucht gegen das graue Gestein, dass manche zerbrachen, andere sich aufbäumten und drehten. Der Eisberg hinter mir befand sich in völliger Auflösung. Messerscharfe Eisbrocken zerschnitten zischend die Luft und landeten irgendwo im Wasser. Das ganze Schauspiel wurde vom Tosen der Brandung untermalt.

Ich rettete mich auf den nächstgelegenen Felsen und betrachtete voller Vorfreude die grünbraun gefleckten Felshänge. Sie lagen im Schatten des hoch aufragenden Gipfelgrats. Das bedeutete, dass ich die kältere Südseite der Insel vor mir hatte. Trotzdem waren die Felsen mit niedrigem Buschwerk und, soweit aus der Ferne erkennbar, saftigem Gras bewachsen. Daraus folgerte ich, dass es auf der der Sonne zugewandten Nordseite eine noch buntere Vegetation geben musste. Ungeduldig wartete ich, bis wieder eine größere Eisscholle an meinem Felsen vorbei trieb. Ich sprang auf und versuchte, sie so gut es ging an den Klippen vorbeizusteuern. Das völlig klare Wasser wurde immer flacher. In der Tiefe unter mir wimmelte es von Fischen. Ein Zeichen dafür, dass hier die kalte, südliche Meeresströmung auf eine warme traf, die aus dem Norden kam.

Vier Stunden später, etwa gegen Mittag, setzte ich zum erstenmal meinen Fuß auf den felsigen Boden jener

Insel, deren Existenz ich mein Leben verdanke, und auf der ich mich noch immer befinde.

Die der Sonne abgewandte Südseite bot für ihre geographische Lage ein unerwartet buntes Bild an Pflanzenwuchs und Tierleben. Neben kleinen verkrüppelten Sträuchern mit grünen und roten Blättern, wuchsen lange Gräser büschelweise in Felsnischen oder hingen wie wallende Vorhänge von Felsvorsprüngen hinab. Noch etwas unterschied diese Insel von den Einöden aus Stein und Eis weiter im Süden. Vögel. Massenweise saßen sie auf den Felsbänken oder zogen ihre Bahnen weit draußen über der Brandungszone. Hier unten nahe am Felsstrand übertönte das Tosen der Wellen noch ihr Geschrei. Doch in einiger Entfernung vom Ufer gab ihr Gekrächze und Geschnatter den Ton an. Wo es Vögel gab, waren auch Eier zu finden. Zwischen den Grasbüscheln entdeckte ich einen Vogel, der entfernt an eine Ente erinnerte. Weiter oben zwischen den schroffen Felsen flatterten kleine weiße Möwen auf und ab. Pinguine allerdings fand ich keine. Während meiner ganzen Reise durch das Eis habe ich keinen dieser befrackten Gesellen gesehen.

Ich stieg zwischen grün bewachsenen Felsen nach oben. Die Luft war mild. Es roch wie an manchen warmen Frühjahrstagen nach der Schneeschmelze. Ein Geruch, der unendlich wohl tat. Ich bückte mich, nahm eine Handvoll Erde, roch daran und spürte eine ungeheuere Freude in meinem Herzen. Doch eines fehlte noch. Die Sonne. Der hohe Felsenkamm, der wie das Rückgrat eines riesigen Reptils in der Mitte der Insel emporragte, war schuld an dem ständigen Halbschatten der Südseite. Aber wenn es schon hier am Südhang so mild war, wie musste dann erst die Nordseite der Insel beschaffen sein! Dieser Gedanke beschleunigte meine Schritte, ließ mich dem Gipfelgrat zustreben.

Tatsächlich. Auf der anderen Seite der Insel wuchsen im hellen warmen Sonnenlicht dichte Wälder auf den steilen Hängen. Weiter unten in einer Talmulde breitete sich ein wildes Wirrwarr aus hohen Laubbäumen und Büschen aus. Es erinnerte an einen Urwald. Davor lag eine kleine Bucht, die ein breiter Sandstrand vom Meer trennte. Weiter draußen vor der Insel bot sich das gewohnte Bild aus unzähligen Felsen und Inselchen, die mit zunehmender Entfernung immer kleiner wurden, bis sie sich im Meer verloren.

Ich stieg den felsigen Berg auf der Nordseite der Insel wieder hinab. Die von der Sonne erwärmte Luft führte zu einem kräftigen Aufwind, der nach Blüten, Harz und Früchten roch. Je mehr ich mich dem natürlichen Kessel und dem darin wuchernden Urwald näherte, desto wärmer wurden Luft und Felsen. Duftende Blumen wuchsen in feuchte Steinnischen und bildeten mit ihren bunten Köpfen einen reizvollen Kontrast zum saftigen Grün hoher Bäume.

VI.

Die erste Nacht auf der Insel verbrachte ich auf einer weichen warmen Wiese in der Nähe des Strandes. Weder Moskitos noch andere Insekten störten meinen erholsamen Schlaf. In den folgenden Tagen baute ich mir eine kleine Holzhütte an einem klaren, plätschernden Bach am Rande des Urwaldes. Seither habe ich viel nachgedacht und geschrieben. Zum Glück ist mir außer der Angel bei meiner Irrfahrt auf den Eisbergen nichts abhanden gekommen. Der kleine Ofen vom Schiff der Puppen funktioniert nicht mehr. Ich habe es jedoch geschafft, mittels eines alten Pfadfindertricks Feuer zu machen. Der Urwald am Fuß der Berge ist ein blühender Garten. Viele der Früchte kann man essen und sie bekommen mir gut. Auch Enteneier finde ich immer wieder.

Nur Menschen habe ich hier noch keine angetroffen. Obwohl ich meine Insel aus eigener Kraft nicht verlassen kann, fühle ich mich zum ersten Mal in meinem Leben wirklich frei. Ich habe das Gefühl, zu mir selbst nach Hause gekommen zu sein. Trotzdem würde ich gerne zu den Menschen zurückkehren. Zu richtigen Menschen! Doch ich bin mir nicht mehr sicher, ob es die überhaupt gibt. Denn je länger ich darüber nachdenke, desto mehr reift in mir die Überzeugung, dass ich schon lange vor Beginn dieser unglückseligen Reise als Puppe unter Puppen gelebt habe.

Dies ist mein letztes Blatt Papier. Es gäbe noch viel zu erzählen. Das Wichtigste aber wurde gesagt. Jetzt werde ich alles, was ich aufgeschrieben habe, in dem wasserdichten Kunststoffbehälter vom Puppenschiff verstauen und draußen vor der Brandung der nach Norden fließenden Meeresströmung übergeben.

Weitere Bücher von Rudolf Riedl

Sanfte Medizin für Ihre Zähne
ISBN 3-7626-0816-4 208 Seiten EUR 15,00
Für viele Menschen gehört der Besuch beim Zahnarzt zu den unangenehmsten Erlebnissen, die man sich vorstellen kann. Sanfte Medizin für Ihre Zähne zeigt Ihnen, wie Sie die Angst vor der Zahnbehandlung überwinden, sich bei Problemen im Mund selbst helfen und die Zahnpflege zu einem schönen Erlebnis machen.

Mit Vergnügen älter werden
ISBN 3-7626-0790-7 336 Seiten EUR 16,50
Ab dem 50sten Lebensjahr beginnt die Lebensphase, in der sich Menschen Erfüllung verdient haben. Mit Vergnügen älter werden ist voller Tipps und Tricks für ein drittes Alter voll glücklich machender Erfahrungen.

Wenn die Seele Urlaub macht
ISBN 3-7626-0752-4 232 Seiten EUR 15,50
Wenn die Seele Urlaub macht ist ein Lehrgang im Tagträumen. Sie lernen, wie Sie Ihre persönlichen Wünsche in bunte Erlebnisse umsetzen.

Erfolgreich tagträumen
ISBN 3-7626-0861-X 110 Seiten EUR 5,00
Erfolgreich tagträumen ist eine kleinformatige Ausgabe des Buches >Wenn die Seele Urlaub macht< aus der Reihe Nahrung für die Seele. Wer seine Tagtraumanleitungen stets griffbereit in der Jackentasche oder im Handtäschchen bei sich tragen möchte, findet das passende Format in dem kleinen Bändchen Erfolgreich tagträumen.

Die wesenszentrale Perspektive
ISBN 3-89206-885-2 358 Seiten EUR 40,00
Die wesenszentrale Perspektive beschreibt die Welt des Menschen als Produkt seines Erlebens. In vier spannenden Kapiteln lernt der Leser ein Weltmodell kennen, das einerseits dem Weltbild der Physik diametral gegenüber steht, andererseits die Schwierigkeiten des Materialismus ausgleicht und glättet.

Mehr Infos zu den Büchern von Rudolf Riedl unter

www.erlebenswelt.de/werke.htm